竜騎士のお気に入り７

奥様は密かな恋を応援中

織川あさぎ

A S A G I　O R I K A W A

一迅社文庫アイリス

CONTENTS

メリッサ
辺境伯領の侍女になった少女。
幼い頃から竜が大好きで、竜達からも
非常に気に入られている。
最近、ヒューバードと竜達の前で
結婚式をあげたばかり。
ルイス
ヒューバードと同期の竜騎士。
相棒は琥珀の竜で、「琥珀の
小剣」と呼ばれている。
青
久方ぶりに誕生した王竜。
竜の階級の最上位に位置しており、
従わない竜はいない。
竜騎士のお気に入り
7
奥様は密かな恋を応援中
Character

白の女王
ヒューバードの相棒である
白い竜。竜の階級で
二番目に位置しており、
多くの竜達を従えている。
ヒューバード
辺境伯を継いだ青年。
以前は竜騎士隊長として王城で働いていた。
竜が大好きで、竜に愛情を注いでいる。
相棒は白い竜で、
「白の女王」と呼ばれている。

用語説明

・竜騎士	竜に認められ、竜と契約を結べた騎士のこと。
・竜	知能が高く、空を飛べる生物。鱗や瞳の色によって厳格に階級が分かれており、上の階級の命令には従う習性がある。
・辺境伯	代々竜に選ばれた者が継いでいる特殊な爵位。竜と竜騎士の管理を行っている。
・コーダ	竜の巣がある渓谷の傍近くにあるため、竜と契約したい者達が訪れる街。辺境伯の屋敷も構えられている。
・キヌート	竜の渓谷を挟んで反対側にある隣国。
・ガラール	キヌートの隣国。竜の渓谷と接していないため、竜がほとんど飛来していない。

イラストレーション◆伊藤明十

竜騎士のお気に入り7

奥様は密かな恋を応援中

Favorite of The Dragon Knight 7th

序章

キュアァァ！

イヴァルト王国辺境伯領の屋敷で、産み親を呼ぶ子竜の鳴き声が響き渡る。

この場所は、野生の竜と人が交流することができる、この大陸唯一の場所。竜騎士に憧《あこが》れる人々が、竜との絆を結ぶために訪れる場所であり、ここを治める辺境伯は、代々竜と絆《きずな》を結び、その背を許された騎士である。

この辺境は、あまり気候の変化はない。大半は雲ひとつない快晴が続き、年に一度、一週間ほど雨が降り続く。その気候は、突然雨が降り出すような他《ほか》の地域よりも、竜達が好むらしく、この地にある竜のねぐらは、大陸で最大の竜達の住《す》み処《か》となっている。

この住み処で、つい先日孵《かえ》ったばかりの子竜が、現在この庭で元気良く鳴いている。

本来、人が垣間見ることがない竜の子育てを、こんな人の生活の間近で見られるのは、この場に竜達の王がいるからだ。

空の青に雲の白。雷の紫に植物の緑。そして大地の琥珀《こはく》。竜達は、空に近ければ近いほど力が強く、賢くなる。その賢さに相応《ふさわ》しく、上位の竜達は下位の竜達を束ねている。本来ならば、上位竜達に守られて人の目には届かない場所にいるはずの竜達は、あり得ないことに、現在王竜の目が確実に届くこの辺境伯邸の庭で、ゆったりと子育てをおこなっているのだ。

そして竜達の最上位である青の王竜はというと、庭に張り巡らされた黒鋼の柵《さく》にもたれかかってひとりの女性に甘えていた。

にんじん色の髪を緩やかに三つ編みにして頭にまとめた成人女性の装いであるのに、その面立ちは幼く見える。空色の大きな目を細め、竜に相対しているその表情は、彼女がどれほど目の前の竜に対して愛情を持っているかを如実に物語っている。

ギュルル……

「角の根元を掻《か》けばいいの？」

にこやかにそう言って、青の竜と同じ色合いの鱗《うろこ》が一枚、中央で輝いている飾りをつけている左手を、何の躊躇《ためら》いもなく青の竜へと伸ばす。その飾りこそ、彼女が青の王竜に認められた証《あか》し。青の竜が、彼女をみずからの親として選んだときに渡した鱗を加工して身に着けている。

彼女の名は、メリッサ。この辺境伯領を治める、ヒューバード・ウィングリフ辺境伯の妻であり、この辺境の竜達の中で絶大の信頼を寄せられる人物である。

ヒューバード自身がこの国最強の竜騎士であり、その騎竜は竜の中でも上位にある、白の女王。そのヒューバードに憧れて竜騎士を目指してここまでやってきた竜騎士の卵達は、憧れも何もかもをすっ飛ばすような状態で、庭で竜と楽しそうに交流する辺境伯夫人の姿に、開いた口が塞《ふさ》がらない状態となるのである。

「今まで痒《かゆ》みなんてなかったのに、角が伸びてきたからかな。もう大人《おとな》の体なんだと思っていたけど、まだまだ成長するのね」

　ギュー
　これが小さな猫ならば、喉《のど》でも鳴らして体をすり寄せていてもおかしくはないくらいの懐きようだが、人の数十倍、下手《へた》をすると数百倍の体を持つ竜では、力いっぱい甘えることもできないらしい。遠慮がちに鼻先をすり寄せるその姿が、メリッサにはかわいくて仕方がない。

「他に痛んだり、痒かったりする場所はない？　違和感とかそういうものも、少しでもあったら教えてね」

　ギュゥ！

　尻尾《しっぽ》の先を少しだけ振りながら、青の竜は嬉《うれ》しそうに頷《うなず》いた。


　貴族の夫人の仕事は、まず家内の采配《さいはい》。それと社交が主な務めとなる。当然ながら、それは辺境伯夫人であるメリッサも変わらない。だが、そのうちのひとつ、社交について、この辺境では少々勝手が変わってくる。貴族女性の社交とは、他の貴族と交流して人脈を広げることを言うのだが、この辺境の地では手紙を出すので精いっぱい。メリッサ自身、元々貴族ではなく、城勤めの料理人夫妻の娘なので、手紙を出す相手もそれほどいない。手紙を届けるのも時間がかかる場所のため、積極的に交友を広げていくのも難しい。

そして、最大の難点と言えるのが、辺境伯夫人の長期の不在を、夫の竜があまり喜ばないということがある。交流を図るためにみずからが出かけていくことはできず、かといってこの場に人を呼ぶことも難しい。

そしてメリッサに至っては、王竜である青の竜の代理親であり、それは竜達すべてに認識された事実なのだ。メリッサは代々の辺境伯夫人よりもさらに移動が難しい。王竜を筆頭に、すべての竜達が認めなければ、出かけることもままならない。

そんなメリッサができる現在の仕事は、ごく少数の知人と手紙をやりとりすることと、こうして竜達が満足するようもてなすこと。


竜達がねぐらに帰る時間となり、メリッサは見送るために庭へと足を向けた。しかしそのとき、青の竜はまだ柵にもたれかかったままでのんびりと寛《くつろ》いでいた。

「青、今日《きょう》はここに泊まるの？」

ギュアア
正解らしく、喉を鳴らしながら起き上がった青の竜は、そのまま庭に視線を向けた。

その視線の先では今年生まれたばかりの子竜が三頭、覚束《おぼつか》ない足取りで青の竜の元へと向かっていた。

キュ、キューア！

ようやく辿《たど》り着いた、三頭の中で一番大きな琥珀の子竜が、メリッサに向かって元気良く鳴き声を上げている。それを見て、メリッサはその三頭に視線を合わせるようにかがみ込んだ。

「また明日《あした》も待っているわね」

キャーウ！

メリッサに挨拶《あいさつ》を終えると、そのまま子竜は青の竜に頭を擦《こす》りつけた。青の竜も三頭の子竜が頭を擦りつけるのを受け入れ、お返しとばかりに自身の角を擦りつける。おそらくそれは、匂い付けのようなものなのだろう。青の竜は、それを終えると一度ずつ子竜を舐《な》め、それぞれの親竜に顔を向け、呼び出すように鳴いた。

まだ飛ぶことができない子竜達が、親竜の背中に乗せられてねぐらへと帰って行くのを青の竜と見送り、メリッサは青の竜に向かって微笑《ほほえ》んだ。

「ありがとう、青。今日はヒューバード様が国外でお仕事だから帰ってこられないの。……もしかして、それを知ってたから、ここで寝てくれるの？」

ギューールル

その声は、メリッサが聞く限りその通りだと告げている。

メリッサは、竜の声を言葉として聞き分けることはできなくても、こうして意思を交わせることを嬉しく思い、その顔をほころばせた。

ヒューバード・ウィングリフは、この辺境を治める辺境伯であり、このイヴァルト王国に存在する竜騎士の中で、最高位にある。当然、竜騎士として請われれば辺境伯ではなく、竜騎士として出動しなければならない。

現在隣国で竜騎士達が作戦行動中であり、要請があればそれに参加する必要がある。その要請に従い、ヒューバードも竜騎士隊と行動を共にしているのである。

ヒューバードは、白の女王の騎士なのだが、ここにいる青の竜とも僅《わず》かながら絆が結ばれているらしい。青の竜が大好きな親であるメリッサを守るためにという理由で、青の竜から結んだその絆のおかげで、青の竜はヒューバードと会話ができる。おそらく出かけるときに、ヒューバードが告げていったのだろう。

甘えるように鼻を擦りつけてくる青の竜に、メリッサも抱きついた。

「青が屋敷に泊まっていてくれると、私もすごく心強いわ。……いつもありがとう」

ギュルルギュゥ

そうして青の竜は、メリッサに機嫌良く尻尾を振って応え、いつも昼寝のときに寝転んでいる庭の中央へと向かって行った。

第一章　想定外の土産物

辺境伯邸の庭に、毎日の朝が来る。

つぎつぎに空から舞い降りてくる竜達は、今日《きょう》も庭に眠っていた青の竜に、まず朝の挨拶《あいさつ》に赴く。

その様子を見ながら、辺境伯夫人メリッサは、この地にやってきたときからの仕事である竜達へ朝の挨拶をするために野菜を用意して、庭用のエプロンドレスを身にまとい、首元に辺境伯夫人である自分の紋様を入れたリボンを締めて気合いを入れると竜達の元へと歩み寄った。

メリッサが姿を現すと、一週間も前から毎日庭で眠っていた青の竜も、いそいそと竜の庭を囲う黒鋼の柵《さく》へと近寄ってくる。

それを遠巻きに見ている竜騎士候補達がいることを確認してから、メリッサはいつものように野菜を配りはじめた。

「おはよう、青。昨夜はよく眠れた？」

グギャー、ギャウ
メリッサは、この時間でここに舞い降りた竜達の体調などを見る。今日来ている竜が、前はいつ来ていたのか。いつも来ている竜達はちゃんといるか。いつもは寄りつかない竜がいた場合、体の変化などはないかなど、見るべきことは多岐に渡る。今日は、青の竜もとても調子が良さそうで、メリッサが手渡したリンゴを嬉《うれ》しそうにかみしめ、そうしていつものように少しだけ場所を空けた。いつまでもメリッサの前を青の竜が占領していると、他《ほか》の竜達が挨拶できない。だから少しだけ場所を空け、他の竜達も野菜を受け取れるようにしているのだ。

その空けた場所に、紫の竜が二頭、並んで顔を出した。

イヴァルトにいる四頭の紫の竜の中で一番小さな紫の竜と、その世話役である竜は、今日も仲良く一緒にメリッサの前に姿を見せる。そうして、メリッサはまず、世話役である竜から野菜をあげた。

階級ごとに並んでいる竜達に順番に野菜を渡していき、竜達に異変がないかを観察しながら竜達の挨拶を受けるまでがメリッサの日課であり、辺境伯家の重要な仕事である。それは、辺境伯がいなくても正しくおこなわれる。

紫の竜達が野菜を受け取ったあと、青の竜によって子竜達が招かれ、野菜を受け取る。今年生まれたばかりの三頭の竜達の中で、一番小さいが一番階級が高い緑の竜がメリッサの前に進み出た。

キュー、キキュー！

子竜独特の高めの鳴き声での挨拶を受け、メリッサはかがみ込んでその顔を正面に見た。

「おはよう、今日も庭で元気に遊んでね」

キュウ！

子竜達は今日も元気良く鳴いて、メリッサに鼻先を撫《な》でてもらい、それぞれおやつの野菜を受け取るとそのまま親の元へと駆け寄っていく。その親達は、子供が階級よりも先に行く代わりにか、すべての竜達が並んだあとに並びはじめる。

今年から、この屋敷でメリッサと挨拶を交わす順番を、青の竜が決定したらしい。

子竜は一族すべてで守る。餌《えさ》は上位竜の次に子竜が受け取り、その代わり親達は、他の竜達に順番を譲る。子竜達が順番を譲られるのは、はじめての鱗《うろこ》の生え替わりが起きるまで。

青の竜がそう通達すれば、他の竜達はすべてそれに従う。

竜達の習性について、人が知ることはあまりない。今まではそもそも、竜の個体についての調査はしていても、習性などの調査はそれほど詳しくしていなかった。詳しく調べられるほど、竜のねぐらに滞在できる者がいなかったとも言える。しかし、青の竜が生まれ、そしてメリッサを親と認めている今は、竜達自身がメリッサを招いてくれたため、より詳細な調査ができるようになったのだ。

体の特徴はそれぞれの竜によって違う。翼の飛膜の色、模様、鱗の様子と、千差万別のそれらを、メリッサはずっとメモし続けている。今、手帳には、新しく生まれた三頭の子竜のページが増えた。常に一緒にいる竜が親だとすれば、これから代々続けて竜をこの場所で観察していけば、竜の色や模様などが、親から子へどんなふうに伝わっていくかも判明するだろう。

この竜の特徴について、調査をするのは代々辺境伯の務めだった。辺境伯はその爵位を継承する際に初代竜騎士の騎竜だった青の竜が与えたとされる鱗が付いた短杖《たんじょう》を引き継ぐことで、自身の竜がたとえ琥珀《こはく》であっても、初代の竜騎士と同じようにすべての竜と会話ができるようになる。それを利用して自らの竜でねぐらへと赴き、その生息数などとあわせて調べていたのである。

ただ、ヒューバードの兄が辺境伯だった間は、年に一度竜騎士がここに派遣されて代わりに調査をしていたそうだ。ヒューバードの兄は、体が弱くほとんど竜には乗れなかったため、調査などはできなかったらしい。だが、派遣された竜騎士も、結局上位竜達の話を聞くことはできず、その間の調査はかなりあやふやになってしまっていた。その修正を、ヒューバードに代わって辺境伯夫人となったメリッサが引き受けている。

一体一体の特徴をメモに書いたものを清書し、本としてまとめていくことになるのだが、メリッサのメモは今までの調査結果よりも詳細であり、しかも人前に出ることがなかったねぐらの老竜達の情報もある。今までで最も正確に個体数の情報が判明する調査となるだろうと、国からも期待が寄せられているらしい。

一通り餌を与え、気になることをメモに書き込むと、メリッサはぼんやりと空に視線を向けた。

ヒューバードが密猟団の掃討作戦に参加するため出かけてから、そろそろ一週間が経《た》つ。

竜の密猟団が隠れ家にしていた場所は広大な竜のねぐらの数ヶ所に分かれており、警戒させないためにも日数を掛けず、すべてをほぼ同時に討伐する手法がとられている。

竜騎士は、そもそも竜に選ばれなければなれない職業であり、当然ながらその人数は年に一人、二人誕生すればいいような少数精鋭部隊でもある。広範囲に渡る作戦だと、竜騎士全員が出動したとしても手は足りない。

ヒューバードはすでに騎士を引退した身ではあるが、白の女王という騎士の騎竜としては現在最高位にある竜と絆を結んだ身として今回の作戦に協力するため、イヴァルト王国の竜騎士隊とキヌートの密猟団討伐部隊と行動を共にしている。

キヌート王国は、竜のねぐらがある渓谷を国境とした隣国である。竜のねぐらを挟んでいるために、イヴァルトと同様に長年竜の問題について、キヌート王国でも対処に頭を痛めていた。イヴァルトには竜との交流を試みた騎士の存在があったが、キヌートは竜と遠ざかる道を選んだ。竜の生活圏の境界に竜を監視するための場所を作り、そこに街を作ったのだそうだ。

現在その場所が、キヌート王族が直接治める王領地となり、竜の密猟団討伐部隊の最前線として機能している。そうしてその討伐部隊で大がかりな作戦が計画され、イヴァルトの竜騎士も一緒に、密猟団の隠れ家を一斉に強襲することになった。

これに、メリッサの夫であるヒューバードも参加しているのである。

竜のねぐら付近に隠れ家は多くあるため、ヒューバードもすぐ近くにはいるのだろうが、この屋敷へは帰ってきていない。白の女王はただでさえ目立つので、この屋敷から移動する方向で討伐部隊の居場所が知られないよう、作戦中は帰ってこられないと告げられている。

毎日空を見上げ、何より見慣れた白い竜体を探してしまう。そしてこの一週間、メリッサの様子を見ていた青の竜も、メリッサを見てやはり同じように空を見上げている。

青の竜は、成体となった今なら、その密猟団の隠れ家の場所もこの庭にいるままでつぶさに知ることができるのだろう。ときおり、くんくんと匂《にお》いを嗅《か》ぐような仕草をしたあと、メリッサを慰めるように小さく鳴いて鼻を擦《こす》りつけるのも、ここ最近の日課だった。

しかし、今日は、いつもよりも長く匂いを嗅いでいるようだった。

「……青、ヒューバード様は今日も元気にしているかな」

メリッサがそう尋ねると、青の竜は匂いを嗅ぐのをやめ、満開の笑顔を浮かべ、空に向かって呼びかけるように鳴きはじめた。

「青、どうしたの?」

突然の青の竜の変化に、メリッサが目を大きく見開き、青の竜の鼻の先を辿《たど》るように視線を向けた。

そこには当然、この辺境では見慣れた青い空が広がっている。

首を傾《かし》げたメリッサはその瞬間、青だけだった空に一瞬だけ、白い光が輝いたのに気がついた。

「……あれは」

その一瞬の光は、見る間に大きくなっていく。きらきらと輝きを放つその白が何なのか、この庭にいるものなら誰《だれ》でもわかる。

速さを緩めることなく、空を切るような勢いで白の竜体が辺境伯邸上空を通り過ぎていく。これから上空を旋回し、速度を落としてから降りてくるだろう白の女王より先に、羽ばたきで起こる風が辺境伯邸の庭を吹き抜ける。

「……ヒューバード様！　白！」

竜の庭で許される抑えた声で、それでも喜びを隠せず大きく手を振るメリッサを見て、竜の庭にいた竜達はそれこそ遊びに誘われたように楽しそうに空に上がっていき、上空を旋回しはじめた白の女王について行くように上空を飛び回る。

突然空を飛びはじめた竜達を見て驚いた人々も、その先頭に飛ぶ白の女王を見て、辺境伯の帰還を知り、また再び平常に戻って行ったのだった。

白の女王が地上に降りたとき、メリッサは竜の庭の中にいた。

青の竜に断り、中に入って待っていたのだ。当然ながらその傍《そば》には青の竜がおり、メリッサが怪我《けが》をしないように付き添っている。

白の女王から降りてきたヒューバードはまっすぐにメリッサに歩み寄り、そして抱き寄せた。

「ただいまメリッサ」

そう告げるとひょいとメリッサを抱き上げ、口づけた。

メリッサがお帰りを言う間もないほどその口を口づけによって塞《ふさ》ぎ続けたヒューバードに、手で弱々しく抗議した。そうしてようやく離してもらえたメリッサは、大きく深呼吸してから改めてヒューバードに抱きついた。

「お帰りなさい、ヒューバード様。白もおつかれさま。お怪我はありませんか。他の竜騎士の方達や竜達も、ご無事でしたか？」

ヒューバードの黒髪が、メリッサの頬《ほお》に当たるのを少しくすぐったく思いながら、メリッサは久しぶりに感じるヒューバードの気配を全身で受け止めていた。

メリッサの笑顔を見て、ヒューバードの表情もようやく安堵《あんど》したように穏やかさを取り戻した。

「ああ、大丈夫だ。一番大きな隠れ家は地上部隊であるキヌートの密猟団討伐部隊が受け持って、すでに討伐も完了していたからな。小さな隠れ家で逃げる算段をしていた者達を捕らえるだけなら、そうそう怪我をすることもない」

「よかった」

ようやく安心して胸を撫で下ろしたメリッサに、横から白の女王がその頬を舐《な》めて慰める。

いつものことながら、ヒューバード以上にメリッサをかわいがる白の女王は、そのままメリッサを咥《くわ》えて手元へと引き寄せ、そのまま抱き込んでしまった。

「白、みんなを守ってくれてありがとう」

グルル

メリッサの頬を嬉しそうに舐める白の女王を見て、少しだけ肩をすくめたヒューバードが、メリッサを取り返すのを諦《あきら》めたように青の竜へと向き直った。

「青、今回の捜索で、紫の遺骸《いがい》が大量に発見された。間違いなく、お前の産み親のものだそうだ」

それを聞いて、メリッサも白の女王の腕の中からヒューバードに視線を向けた。

その紫の鱗は、現在行方《ゆくえ》不明である青の竜の産み親のものであり、つい先日、密猟団討伐の手がかりとされたものだ。

その手がかりは、キヌートのさらに向こう隣のガラールという国で発見された。ガラールは、イヴァルトにとって遠い国という認識だった。何せキヌート王国を縦断してようやく辿り着ける場所であり、河川などで邪魔されることもないのに、馬車で一週間以上、それこそ辺境から王都に行くときよりも長い時間馬車に乗っていないと辿り着けない国なのである。

竜もあまりそこまでは飛ばないらしく、だからこそそこに紫の鱗が密猟団によって運ばれていることに、竜達も気がつかなかったようだ。

ガラールで発見されたのは、誰も見たことがないほどに加工され、無残なほどに元の形がわからないようにされた紫の竜の鱗だったが、ガラール王国の協力もあり、そこにあったすべての鱗は回収されていた。

調査では、加工された鱗はひとまず一枚だけであり、残りはすべて密猟団の隠れ家で保管されていることがわかったからこその、竜騎士隊の出動でもあったのだ。

「各箇所で少量ずつ押収されていたが、現在はすべてまとめてキヌートの王領にある離宮で竜騎士達が預かり、調書を取っている。それが終わり次第、竜の遺骸はすべてここに送られてくることになっている」

ギュウ

頷《うなず》いた青の竜に、ヒューバードは少しだけ困ったように首を傾けた。

「ただ……すまない、青。人には、それが本当に一頭分すべて揃《そろ》っているのか、判断できなかった」

その言葉に、青の竜とメリッサは、まったく同じ角度にかくんと首を傾げた。

「大体どの部分の鱗なのかは見ればわかるんだが……竜の鱗の枚数など、数えたものはいなくてな。本当に揃っているかどうかは、私達では判断がつかなかったんだ」

「白が一緒に見てもわからなかったんですか？」

メリッサの疑問に、ヒューバードは頷いた。

「ああ。白は私の目を通してずっと見ていたので聞いてみたんだが、じゃあ人間は、自分の体に生えている体毛の本数を知っているのかと問われて、答えようがなかった」

すべての竜が同じ枚数の鱗を持っているとも限らず、さらに竜の巨体に生えた鱗をすべて数えた猛者などいない。竜騎士も竜も、さすがにそんな知識はなかったのだ。

「それでは、最後のひとかけらまで揃ったのか、今もわからないままなんですね」

「ああ。だから紫の鱗については、今後も最優先の捜索対象とすることが決まった。全竜騎士は、紫の鱗を発見次第、最優先でその回収に当たる」

明確に数がわかっていないなら、それは終わりのない目標となる。それでも、すべての竜騎士はそれを了承した。

竜騎士達は、この捜索目標である青の親竜の鱗が呪《のろ》われているのを知っている。さらには、それが加工されるとその呪いが増強され、竜達まで身動きが取れなくなるほどの強力な呪いになることも。

その呪いの存在があきらかとなったとき、呪いが竜騎士とその騎竜に及ぶのを懸念した青の竜と白の女王が、青の竜の幼い子竜時代の鱗を使って作り上げた守りの鱗飾りを、呪いの元凶となってしまった青の竜の親竜のすべてが回収されるまでという期限を付けて授けている。

鱗飾りを授かった騎士達は、全員がそのとき青の竜の鱗に誓った。青の竜の親竜、紫の竜の遺骸をすべて集め終えるまで、騎士が引退し、代が変わり新たなる騎士が加わろうと、その思いを引き継ぎ、決して諦めることなく鱗を探しきることを。

「イヴァルト王国竜騎士隊は、全騎預けられたあの青の鱗に誓って、青の竜の心に応える」

そう語るヒューバードを見つめていた青の竜は、小さく頷くと白の女王に歩み寄り、その腕の中に閉じ込められるように抱かれていたメリッサに鼻先を擦り寄せた。

それが青の竜なりの、誓いへの答えと人への信頼を示した行動のようだった。

ほんの少し安堵を見せたヒューバードは、竜達がねぐらへと帰る時間になるまで、妻であるメリッサを取り返すことはできないまま、竜達のメリッサに示す親愛行動を見続けることになったのだった。


青の竜がメリッサから離れたのは、結局ねぐらに帰る寸前だった。最近は子竜がいるためか、竜達が帰る時間は早くなっているのだが、それでもほぼ半日、メリッサは竜達と過ごしていた。

「今日は白もねぐらに帰るの?」

グルゥ、グルル
返事の代わりとばかりに頬を鼻先でつんと突かれ白の女王はそのままメリッサから距離を取るためうしろに下がっていく。それを見て、メリッサは青の竜に抱きついて別れの挨拶をした。

「それじゃあ、また明日《あした》。白、今日はゆっくり休んでね」

グルゥ

その挨拶を終えると、まず青の竜が空に上がっていき、それを追うように竜達が続いていく。子竜達の親も上がっていき、それを守るように白が飛び、そうして庭にいた竜達のほとんどがねぐらへと帰って行った。

それをゆっくり手を振りながら見送ったメリッサは、ようやく屋敷の中へと入ることができたのである。

夕食を終え、ヒューバードと二人になれたメリッサは、ヒューバードがいなかった間のことを話しながら、寝るまでの時間を過ごしていた。

ソファに二人並んで座り、果実水を手にヒューバードは穏やかな表情でひたすら語り続けるメリッサを見守っている。

「……それで、一番小さな子竜が羽ばたく練習を始めたんです。少しだけ浮かんだんですよ」

いつもより少し長いその時間に、メリッサの方が眠くなり小さなあくびが出てしまった。

そしてメリッサは、隣にいるヒューバードの状態にようやく気がついた。

「ごめんなさい、ヒューバード様は今日お疲れなのに……こんな時間まで」

「いや、問題はない。もっと話して欲しいくらいだ」

大変機嫌のいいヒューバードの言葉に、メリッサは困ったようにうつむいた。

「ヒューバード様が大丈夫でも、私が大丈夫じゃなさそうです……」

それを聞いたヒューバードは、横に座っていたメリッサをひょいと抱き上げ立ち上がり、寝台に歩きはじめた。

「それじゃあ、そろそろ休むか。……おやすみ奥さん」

頬に口づけながらそう言われ、メリッサは一瞬だけ戸惑いながら、それでもはにかんだ笑みを浮かべ、ヒューバードに答えた。

「おやすみなさい……あなた」

僅《わず》かに頬を染めながらそう口にしたメリッサだったが、さすがにもう限界だった。寝台に入ったあと、ヒューバードが何か言っていたようだったが、それすら聞き取ることができないまま眠りに落ちたのだった。


竜騎士の二人が、それぞれ騎竜を駆り、辺境伯邸の庭に姿を現したのは、ヒューバードが辺境に帰ってきたその翌々日の午後だった。

大きな革を何枚もつなぎ合わせて大きな袋を作り、竜達がそれぞれ一袋ずつぶら下げて飛んで来ているらしい。ゆっくりと飛んで来た二頭の琥珀の竜は、ゆっくりゆっくりと降りてきて、その袋を地上へと下ろした。

白の女王は難なくこなすその作業を、琥珀の竜ができるのは背中に乗っている騎士の技量だ。

その二頭のうちの一頭は、ついこの間までこの場所で怪我の治療のため滞在していた竜騎士ルイスの騎竜、琥珀の小剣だった。

琥珀の小剣は他より一回り小さな竜であるため、降ろした袋がとても大きなもののように感じるほどだったが、まったく揺らぐことなく降りてきた技量は、怪我をしているとはとても思えないほどだった。

それとほぼ同時に降りてきたもう一頭についても、もちろんメリッサは覚えていた。

竜騎士の騎竜は、メリッサにとってはすべてよく知る友達なのだ。当然、それを見間違えることはないし、その上にいる騎士についても忘れたりしていない。

「ルイスさん、バートさん、いらっしゃい」

「メリッサ、この前ぶり！　変わりないか？」

「はい！」

琥珀の小剣から降りて飛行用のヘルメットを外し、飴色《あめいろ》の髪が姿を見せると、少し垂れた焦げ茶の目を細めてにっこり笑う。怪我をしたときの痛々しい姿はすっかりなく、その姿にメリッサはこっそり胸を撫で下ろした。

ヒューバードより二年ほど後輩に当たるバートは、ルイスと同じ琥珀の騎士であり、その騎竜である琥珀の竜は、ルイスの琥珀の小剣よりも二回りは大きい雌の竜だ。

「小剣、お仕事おつかれさま。扇も元気だった？」

琥珀の扇と呼ばれるこの竜は、体の大きさもだが翼が大きく、その特徴から扇と名付けられた。主に荷物の運搬などを仕事としている、おっとりとした大人《おとな》しい竜である。琥珀の扇は、ちゃんとメリッサを覚えていたようで、声を掛けられ嬉しそうに鼻先を突き出した。

「相変わらずだなぁ、メリッサ。久しぶり」

騎竜である琥珀の扇の背中で、その騎士であるバートが苦笑しながら声を掛ける。

こちらも、竜騎士らしく細身の青年だが、それだけに絆《きずな》の竜である琥珀の扇の大きさがわかる。琥珀の扇は、バートが降りやすいようにか、荷物を下ろすと素早く脚を折り、体を伏せた。

これは琥珀の扇の癖のようなもので、バートが騎士になったときからの習慣らしく、メリッサも王宮でよく見た光景だった。

琥珀の扇の背中から降りてきたバートは、ヒューバードに手紙を渡すと、すぐさま再び琥珀の扇に歩み寄った。

「バートさんもお変わりなく。お時間があるなら、休憩の用意もしてありますよ」

小剣と扇の二頭に挨拶の野菜をやりながらそう声を掛けると、それを聞いたバートは、ああ、と困ったように頭を掻《か》いた。

「悪い、メリッサ。俺《おれ》はすぐに部隊に合流しなきゃならないから、このまま飛ぶよ」

その言葉に、メリッサは一瞬違和感を覚え、首を傾げた。

「俺は、ってことは、ルイスさんは？」

「ルイスは今日から休暇だから、食い物があるなら俺の分もあいつにやってくれ」

「自分だけメリッサから食べ物をもらったなんて知られたら、他のやつらに城に帰るまで睨《にら》まれるもんな」

琥珀の小剣が付けていた胴具を外しながら、ルイスは笑っていた。

「あの、お怪我はそんなにひどかったんですか？」

ルイスは、呪いが強化されてしまった紫の鱗に最初に接近し、その呪いをまともに受けてしまった唯一の騎士である。琥珀の小剣は、その呪いの声に身をすくませ、空中で翼を止めてしまったため、姿勢を崩してしまい、それを強引に着陸させるために、ルイスはかなり無茶をしたらしい。そのために手首を捻挫《ねんざ》し、いつもの速さを重視した仕事をこなせなくなったのだ。

それでも、普通に飛ぶ分には問題ないからと怪我をした数日後には空を飛んでいたので、メリッサは怪我の具合はそれほどひどくなかったのだと納得していたのだ。

慌てたようにルイスを確認していたメリッサに、笑いながら正解を伝えたのはヒューバードだった。

「ああ、違う、メリッサ。ルイスは、元々休日を返上して仕事に当たっていたから、その分もまとめて今、休暇を与えられたんだろう」

「そういうこと。まあ、怪我もあるし、ついでにここで療養してこいってさ。怪我自体は、もうほとんど違和感もないんだけど」

唖然《あぜん》としていたメリッサに、困ったような表情になったヒューバードは、肩をすくめて首を振った。

「ルイスの役目は、他に回せないからな。王都にいる限り、休みでも仕事が来る」

現役竜騎士の中で最速の竜。その役割的に、回ってくるのは急ぎの案件が多く、他では間に合わないことも多い。そもそもその役割的に、ルイスの仕事は一度王都を出ると長時間拘束がほぼ決まっているため、休暇も他の騎士達と違いまとめて数日取れることになっているのに、それがまともに取れたことがなかった。

「今回は、前にまともに取れなかった休暇の分も合わせて取らされたから、ここ三ヶ月の分、まとめて二十日間世話になるよ」

その日数に、メリッサは大きく目を見開き、そしてヒューバードはほう、と小さくつぶやいた。

「思い切ったな、クライヴ」

感心しきりの表情でヒューバードの跡を継ぎ竜騎士隊の隊長を務めているクライヴの名を呼べば、それに応えるようにバートが頷いた。

「王都にいたら休ませることにならないし、怪我もあるなら小剣も心配して結局全力は出せないだろう？　それならいっそ王都から離れとけだとさ」

バートは朗《ほが》らかに笑いながら、簡単に別れの言葉を告げてメリッサとの名残を惜しむ琥珀の扇を宥《なだ》め、あっという間に空に上がって行った。

遠ざかる騎影に、庭に立ち尽くしたままそれを見送った三人は、すぐ傍でしきりに竜達が鳴いているのを耳にして、ほぼ同時に振り返った。

「あ……みんな、ごめんね。その袋のままじゃ嫌だったのね」

竜達は、袋を開けたかったらしく、しきりに爪《つめ》で引っかいていたり、袋の口部分にかみついたりしている。

この袋の中に、呪われた鱗が入っていることを察知しての行動だろう。すぐ傍にいた青の竜は、それを理解した上で、竜達にそれらを任せるように静観しているようだった。

「ルイス、こっちは紫か？」

「ああ。もうひとつのほうは、他の琥珀と緑をまとめて入れてある。とにかく紫が一番多かったから、紫だけでその一袋だ」

ヒューバードは、先に袋の口に取りかかろうとしていたメリッサの手を止めた。その横にいたルイスが腰から小型のナイフを取り出して、口を固く結んでいた縄を切る。その途端に、袋はあっさりと広がって、中から紫の鱗が山となって現れた。袋だと思っていた布は、どうやらただの一枚の皮だったらしく、あっけなく元の姿に戻り、包まれていた大量の紫の鱗は皮が開かれた瞬間流れるようにあふれ出して澄んだ音を立てながらメリッサの足を埋めていく。

一頭分と見られる紫の鱗は、続いてヒューバードの手で開かれた琥珀と緑の鱗の量よりはるかに多い。その量に愕然《がくぜん》としながら、メリッサはかがみ込み、紫の鱗の一枚を手に取った。

少し小さい、おそらく脚の鱗だろう。そこにも、僅かながら星のような斑点《はんてん》が見える。鱗が集まることで、生前の紫の竜の姿も想像できる。淡い紫の全身に、いろいろな色合いの星が見える。メリッサがかつて見たどの竜にもない特徴を備えた華やかな姿が、メリッサの脳裏に描き出される。

「紫は流通させる方法をまず考える必要があったから、ほとんど流れずに保存されていたらしい。他の琥珀や緑については、流通量が多いだけに、密《ひそ》かに売りに出すのも楽だったんだろうな。ほとんどがすでに売りに出されたんだと」

メリッサは、二人の話を聞きながら、手にしていた鱗をそっと撫で、紫の竜について思いを馳《は》せた。

この紫の竜は、必死で産み落とした卵の行く末も見ることなく、無念のまま亡くなった。青の卵は、親竜の死の瞬間まで、その傍にあったそうだ。だが、紫の竜は、その無念を子である青の竜に渡すことなく、その怒りと悲しみ、すべての感情をただ鱗に湛《たた》えてあとに残した。

挙げ句連れ去られ、仲間達と離されていた末のようやくの帰還に、庭にいたすべての竜達が反応している。それぞれが、帰ってきた紫の遺骸に挨拶しようと鼻先を突き出している。

鱗を撫でながら竜達を見ていたメリッサは、ルイスに今の捜査の状況について聞いていたヒューバードに手にしていた鱗を差し出しながら問いかけた。

「ヒューバード様。この紫がお兄様の竜だったのなら、他の騎竜達と同じく名前が付けられていたのではありませんか？」

ヒューバードの白の女王、そしてルイスの琥珀の小剣やバートの琥珀の扇。それぞれの竜は、絆の相手ができたとき、名前を受け入れる。それならば、竜騎士としてほとんど竜に乗っていなくとも、絆の相手がいたこの紫の竜にも名前があっただろうとメリッサは思ったのだ。

メリッサのその疑問を聞いたヒューバードは、ほんの少しだけ懐かしそうに、そしてそれと同じくらい僅かな悲しみをその顔に浮かべ、メリッサにその名を聞かせた。

「……兄の竜の名は、紫の明星だ。ただ、この絆を結ぶときに付けられた名は、竜達の間では、絆の相手が亡くなったときに共に消えるとされている。兄が亡くなったとき、兄がその名も持っていった。だから公式にも、ただ紫の竜と呼ばれている」

「明星……」

「兄がその竜と出会ったとき、竜体が宵の空に溶け込んでいるようだったそうだ。そこから宵の明星、転じて紫の明星と名付けられた。自分と絆を結べば、寝台から体を起こし、空を見に窓辺に行くことくらいはできるようになるからと、空を飛ぶこともなく、庭で兄の短い人生に寄り添うことを決めた穏やかな雌竜だった。兄は、明星と絆を結ぶことによって、一時的とはいえ僅かな時間ながら空を飛べるほどに体も回復し、この家の当主として務めることもできるようになった。兄にとっては導の星のような竜なのだと、昔、兄自身から聞いたことがある」

優しく、人に寄り添うことを選ぶ竜の話は、今まさにメリッサの傍にそっと寄り添う青の竜の姿に重なった。青の竜は、産み親の姿を一度も見たことはない。青の竜が知る産み親のよすがは、今まで二枚の鱗だけだった。それでも、話だけで似ていると思えるほどに、青の竜には面影があるのだろう。そのことが、メリッサにはなぜかとても嬉しかった。

「……お帰りなさい、紫の明星。青、こんなにたくさん、帰ってきてくれて嬉しいね」

グルルゥ

鼻先で鱗の山を崩す青の竜は、どことなく笑っているように見える。この鱗にも呪いは籠もっているのだろうが、それでも青の竜にとって産み親であることにかわりはない。

「ヒューバード様。この鱗は、ずっとここに置いておくわけではないのですよね」

「ああ。これはみんな、青の寝屋に運ぶつもりだ。ただ、青の寝屋は、他の竜騎士が近付くことが許されない。だからいったんここに置いてもらって、私と白で寝屋へと運ぶつもりなんだ」

「そうなんですね」

手に持った鱗を眺めながら、そう答えたメリッサだったが、ふと青の竜の足元に視線を向け、首を傾げた。

手に持っている鱗は、おそらくは竜達の鱗の中でも顔の鱗に次いで小さな、四本の脚の鱗と思われるものだ。それを手に持ったまま、メリッサは青の竜の脚の鱗に、その鱗を重ねてみた。

「……同じ？」

ふと、声が漏れる。そう、同じなのだ。手にある鱗と青の竜の前脚にある鱗の形が、ぴたりと重なっている。

「青、ちょっと、脚を見せてもらっていい？」

ギュ！

青の竜は、メリッサの言葉に応え、すぐさま前脚をメリッサにも見えやすいように一歩前に差し出した。メリッサは、その前に膝《ひざ》をつき、手に持っていた鱗を青の竜の脚に当てる。

「メリッサ、どうかしたのか？」

突然のメリッサの行動に、ヒューバードとルイスが揃って青の竜の元へと移動してくる。その二人に視線を向け、メリッサは手に持っていた鱗を差し出した。

「同じ角度です。大きさが、紫のほうが少し大きい……？　ヒューバード様、この紫は、体の大きさはどれくらいでしたか？」

そう問いかけられたヒューバードは、一度白の女王へと視線を向けた。

「……そうだな、白よりは一回り小さく、今の青より、一回り大きいくらいか。しいて言うなら、二頭のちょうど中間といったところだった。白はどう思う？」

グゥ、グルルゥ
白の女王も何か告げたあと、うんうんと頷いている。どうやら、ヒューバードの言葉に同意しているらしい。

「白の前脚も、見せてもらってもいい？」

そのメリッサの要望に、白の女王はすぐさま応えた。差し出された前脚の、先ほど青の竜で重ねた同じ場所に、メリッサは手にした鱗を当ててみた。

「……違う。大きさも形も、同じものはどこにもない。ヒューバード様。竜の鱗は、親子で形が似ているのかもしれません。もしかしたら、青の鱗を見ながら元の形を復元できるんじゃないでしょうか？」

ルイスは、ぽかんと口を開け、つぶやいた。

「復元？　え、竜を一頭分？」

「たまたまその部分と似ているだけ、という可能性もあるが……」

ヒューバードは、すぐさまみずからも紫の鱗の山に視線を向け、小さめの鱗を探しはじめた。

「たまたま似ているだけにしては、鱗の形が似すぎているような気がします。根元の幅はわかりませんが、その反対側の、体表に出てくる部分が、白とはまったく違います。白は中央を頂点として、片側が直線、そしてもう片方に僅かに曲線が出ています。こちらの紫の鱗は、ほぼ中央を頂点として、あまり曲線のない菱形《ひしがた》になっています。そして大きさこそ僅かに違いますが、この菱形の角度が同じだから、少しずらせば青の鱗とこの紫の鱗は完全に重なるんです。鱗の枚数は個体ごとに違っていても、それぞれの鱗の大きさを比べることによってどこの部位かは大体わかりますから、青の鱗を参考に、ここにある鱗を分類すれば、足りない部位がわかるかもしれません」

ヒューバードは山の中から、手頃《てごろ》な大きさの鱗を拾い上げる。それをじっと見つめ、そしてメリッサの手元にあった鱗と形を比べた。

「……菱形、だな。これはどの部位だ」

呆然《ぼうぜん》としていたルイスも、気づけば二人の手元にある鱗を見比べ、そして青の竜に視線を向けた。

「大きさ的に、そいつは足元よりもうちょっと上だな。……そう考えれば、確かになんとなくだが部位はわかるんだな」

ルイスの推測から、ヒューバードは少しずつ足元から上へと鱗を重ねる場所を上げ、そしてぴたりとその手を止めた。

「……ここか。確かに重なるな」

ヒューバードが手を止めたのは、前脚のちょうど関節の部分だった。そっとその場所に鱗を当て、その場にいた二人にも見えるように体を横へと移動させた。

三人の間に沈黙が落ち、そしてヒューバードの視線は、そのまま青の竜へと向けられた。

「……削られたのは、確か背中の一番大きな鱗だったはずだな？」

「証言では、鱗の中で一番平面に近い、大きなものという話だったからな。平面という特徴は、背中の鱗だろう」

「普通に一番大きな鱗というだけなら、胸ですよね。でも胸の鱗は、少し凸面なんですよね」

三人の視線が青の竜に向けられ、胸元の鱗を凝視する。

ギュー……

少しだけ、居心地悪そうに青の竜はメリッサへ擦り寄った。

「青……竜騎士の人たちが、この紫を探すために、少しだけ協力してほしいの。この鱗が、ちゃんと揃っているのか。それともどこか別の場所にまだ隠しているのか。なくなっている鱗の大きさがわかれば、探すときの目印にもできる。青、お願いしてもいい？」

メリッサは、青の竜に真摯《しんし》な眼差《まなざ》しを向けるが、基本的に青の竜は、メリッサのお願い事は断らない。

ギュー、キュルル
メリッサのお願いは、もちろんすぐさま青の竜に受け入れられた。擦り寄る青の竜を撫でてやりながら、メリッサは今日からの予定を頭に思い浮かべる。

もちろん、領主夫人としてメリッサが受け持つ仕事は毎日おこなわなくてはならない。メリッサの仕事は主に竜達の食料である野菜に関することなので、途切れさせることもできない。同居している義母にも頼めるが、ここ最近ずっと頼りっきりだったので、ヒューバードの兄が領主の時代からずっとひとりでこの辺境を支え続けてきた義母にも、安心してゆっくり過ごしてもらうために、できるだけ仕事は自分達でおこないたいと考えている。

そうするとどういうことになるかといえば、この場にもうひとりいる竜騎士の出番である。

「あの……ルイスさん」

申し訳なさそうに声を掛けたメリッサだったが、ルイスはそれに、いつもの明るい笑顔で応えてくれた。

「任せろ、メリッサ。青の願いを叶《かな》えるのは、竜騎士の務めだ」

ルイスの快諾を得て、メリッサとヒューバード、そしてルイスの三人で、紫の竜の復元に挑むことになった。

「小剣」

ギィ？

ルイスの声に応え、琥珀の小剣が大急ぎで歩み寄ってくる。まるで子供が、親に呼ばれて嬉しそうに駆け寄ってくるときのような表情で、琥珀の小剣はルイスに擦り寄っている。

「俺はしばらくこれにかかりきりになる。お前はせっかく辺境に来たんだ。昔一緒に飛んでた竜達と、遊びに行ってこいよ」

ギューイ？　ギュイ、ギュイ
「大丈夫だ。ここにいたら、青の竜が俺のことも守ってくれるさ。ここしばらく、全速力で飛んでないだろう？　ここなら、他の竜とも一緒に飛べるんだから、思いっきり飛んでこい」

まるで何かをねだるように、しばらくルイスに鼻先を擦りつけていた琥珀の小剣だったが、ルイスはそれに応じなかったようで、琥珀の小剣は名残惜しそうに鼻先をルイスから離した。

「ただし、俺が呼んだら聞こえる範囲でだぞ？　それ以上離れたら、折り返しここに帰ってくること」

ギュイ！

小剣は、了解、とでもいうようにひと鳴きすると、すぐに空へと上がっていった。

キューイ！　キューイ！

琥珀の小剣が何度か遊びに誘うための、いつもよりも高い鳴き声を出しながら上空を旋回する。それに応えるようにすぐさま何頭かの竜達がその旋回に加わった。そうしてある程度の集団ができると、琥珀の小剣は大きく鳴き声を上げ、それを合図のようにその集団はあっという間に飛び去ったのである。

「みんなすごく速いですね」

「あれらは、体が軽くて速度重視の飛び方をする竜達だからな。元々琥珀の小剣も、あの集団にいた竜なんだろう？」

「そうそう」

それならば、琥珀の小剣は、久しぶりに友達と遊びに行ったということかと、メリッサは納得して微笑《ほほえ》ましくその集団を見送ったのだった。

そのあと三人は、紫の竜の復元作業について、大体の工程を話し合った。

まず、大きさ、部位が分けられるなら部位も、ある程度大まかな分類分けをしておく。それから青の竜を見ながら、大体の場所に当たりをつけ、位置を特定する。

大まかな分類もだが、何枚あるかわからない小山をより分ける作業だ。体力も必要で時間もかかる。それをルイスが引き受けた。

「俺なら、二人が他の仕事している間作業もできるからな。ちょうどいい。二人はその分類したやつを、青の竜と一緒に場所を特定していけばいい。俺は逆に、青の竜にその作業の手伝いは頼めない。だからそっちの作業は二人に任せるよ」

それを聞いたヒューバードも納得し、それならばと分類の方法についての相談を口にした。

「ぱっと見て判断できる方法となると、大きさと形だな。背中、胸、脚……」

ヒューバードは、青の竜の体を見ながらそうつぶやいた。

「脚と顔の鱗は似ているところがあるので、そのあたりは小型の鱗として集めた方がいいですね。あとは尻尾《しっぽ》は攻撃手段ということもあるから、鱗が小型でも厚みが違いますから違いもわかりやすいです。背中、胸、尻尾なら、鱗の特徴だけで分けられるのではありませんか」

あまりたくさんの分類をするとなると、それだけ手間も煩雑になる。それに竜の体に鱗の明確な境目があるわけではなく、背中と胸の境目の鱗となれば、双方の特徴を持つために、とっさに判断もつかなくなるかもしれない。

「背中と胸なら見分けは確実だろう。その二種類なら枚数も少ないから、先に取り出しちまえばあとは大中小の区別でいいんじゃないかな。尻尾は厚みがあって特徴的とはいえ、枚数も多いし大きさもだんだん変わっていくだろう？　この分類は、またあとでした方がいい」

ルイスが大きめの二枚の鱗を手にそうつぶやくと、ヒューバードも頷き、青の竜に視線を向けた。

「背中と胸なら、青の鱗の枚数も数えられそうだな。青、あとで数えさせてくれ」

グルァ！

青の竜は頷いて、そのままその場に腰を下ろした。どうやら分類している様子もずっと見守るつもりらしい。

「メリッサ、メリッサはまだ家の中の仕事があるだろう？」

ヒューバードにそう声を掛けられ、メリッサは素直に頷く。メリッサは普段から、午前はいつも竜の庭の作業で、午後から家内の仕事をおこなっている。竜達は毎日、人の都合は関係なく舞い降りてくるので、基本的にメリッサは毎日休みがなく、今も仕事が片付いていない状態だ。

ヒューバードのほうは、今日鱗が届くことがわかっていたため、予定通りこの鱗を白の女王で運搬するためにその他の仕事は終わらせていたので、手が空いていた。

「今のうちに、私達で青の鱗の数えられる部分は数え、ある程度仕事を進めておくから、メリッサは仕事に戻るといい」

そう告げられたメリッサは青の竜に歩み寄って、その首元を抱きしめた。

「青、ちょっと中でお仕事してくるわね。ヒューバード様のお手伝い、お願いしてもいい？」

ギュア！

任せろ、と胸を張る青の竜を見て、メリッサは笑顔で鼻先を撫でた。

「中のお仕事が終わったらすぐに来ます。何か用があれば、声を掛けてください。あと、ルイスさんは今日は屋敷の中にお部屋を用意しておきますね」

「ああ、よろしく頼む」

ルイスの返答を受け、メリッサはヒューバードの頬に軽く口づけると屋敷へと戻った。

メリッサが屋内で仕事をする場所は、竜の庭からもよく見える当主の執務室だ。そこにメリッサの仕事机もあるので、自然とメリッサが仕事をしている姿は竜達にもよく見える。

メリッサは、そんな庭の様子を見ながら、自分の机に積み上がっていた書類に挑みはじめた。

竜達はいつもなら、メリッサが庭から姿を消すと各々好きなように過ごすのだが、今日は大半の竜達が庭に残り、庭にいる二人の竜騎士に注目していた。

「……すげえやりにくい」

困惑の表情ながら、手は止めずに紫の鱗を仕分けするルイスに、ヒューバードは苦笑して応えた。

「仕方ない。この紫の鱗は竜達にとって青の宝という認識だ。竜騎士とはいえ、青以外が触れているのが気になるんだろう」

おそらく、この鱗に触れることが許されるのは、青の竜の代理親であるメリッサくらいだろう。しかし今は何より、傍で青の竜が二人の行動を許しているので、他の竜達はただ見ているだけになっているのだ。

二人が竜達の視線を感じつつ鱗をより分けていると、小さな竜達が昼寝から目覚めたらしく、キューキューと鳴きながら三頭で二人の傍へとやってきた。

キュア？　キューキュ？

ギュア、ギュルル

キュキュ、キュア

小さな三頭は、青の竜の傍に行き、しばらくじっとその顔を見上げると、突然紫の鱗の山へと顔を突っ込んだ。

「おい、それは玩具《がんぐ》にしちゃ駄目だぞ？」

親竜達も注目するこの場所で、子竜に手を伸ばすわけにもいかずにルイスが慌てて声を掛けるが、子竜達は楽しそうに鳴き声を上げながら、小さな鱗を掻き出してそれぞれが口に咥えた。その瞬間、ヒューバードは青の竜からその意図を伝えられ、慌ててルイスに声を掛けた。

「ルイス、青が小さい鱗を子竜達に集めるように指示を出した。置く場所をまず作ってやろう」

「お、了解！　手伝ってくれんのか。ありがとうな」

ギャーゥ
ルイスに声を掛けられ、思わず答えてしまった小さい方の琥珀の子竜の口からぽろりと鱗が落ちた。きょとんと瞬《まばた》き、自分が鱗を落としたことに気づいて慌てて鱗を探す子竜の様子を見て、竜騎士二人の顔もほころんだ。

「子竜達は、自分の前足より小さな鱗を集める。こちらの指示は、青が出すそうだ」

「了解。ということは、脚と顔の鱗を集めてくれるってことか。すぐに置く場所を作ってやるからな」

二人で野営用天幕の布を敷き、それが風で飛ばされないように杭《くい》を打ちながら、ルイスの傍で置く場所ができるのを待っている三頭に視線を向けた。ぱたぱた尻尾を振っている子竜達に、ここに置くようにと伝えれば、ちゃんとそこへ鱗を落としている。

「……なんていうか、青の竜の規格外っぷりがよくわかるな。小さな子竜に、大きさを指定した鱗を集め、指定の場所に置くなんて、細かい指示ができるなんて、思わなかった」

少なくとも竜騎士達が、自分の騎竜にそれを言い聞かせるのはかなり難しい。琥珀の小剣なら、鱗を集めることはできるだろうが、大きさの指定まではおそらく無理だ。人が目で見て、いちいち指示をしながらでなければ、大きさで分けるまではしてくれないだろう。

「子竜の大きさなら、三頭いても私達の邪魔にもならないし、子竜達も遊びのつもりでできるだろうから、と青は言っているな」

どうやら、子竜だけではなく、ここにいる竜達も、手伝おうと思えば手伝えるらしい。ただ、体格の面から、成体の竜が首を突っ込むと、むしろ二人の邪魔になるから、青の竜は手を出させないようにしていたのだ。

そうこうしているうちに、子竜の三頭はせっせと鱗の山に体ごと突っ込んでいっては口に鱗を咥えて移動してきている。

それを見て、竜騎士二人は慌てて自分達も鱗の山に挑みはじめたのだった。


メリッサが、竜達を見送るために外に出てきたとき、まだ紫の鱗の山はそのままだった。その横には、分類された小山もあるにはあるが、鱗はまだ全体の一割も仕分けられていないようだった。

「おつかれさまです。あの、あそこにいる子竜達は?」

今も、紫の鱗の山にいる子竜達に視線を向け、メリッサは首を傾げた。

「鱗の仕分けを手伝ってくれている。おかげで明日《あす》からは、私の方も鱗の位置を探す方の仕事ができそうだ」

「そうなんですか」

今も紫の鱗を咥えてきた子竜を相手に、メリッサは視線を合わせるために膝をついた。
「お手伝いしてくれたのね。いっぱいがんばってくれて、ありがとう」
ギューア
キュルル、キュルル
鱗を置いた子竜達は、それぞれ嬉しそうにくるくるとその場を回りはじめた。
「今日のお手伝いはもう終わり。そろそろ竜のねぐらに帰る時間だからね。ほら、産み親が待ってるわ」
メリッサの言葉で、三頭はそれぞれ振り返り、一直線に産み親達の元へと走って行った。
「また明日、遊びに来てね。おやつを用意して待ってるわ」
メリッサがそう告げた途端、まず子竜を背中に乗せた竜達がゆっくりと空へと上がって行く。三頭が上がったあと、他の竜達も空に上がりはじめ、竜達の集団はゆっくりとねぐらへと飛んで行った。
「青は今日も庭で寝る？」
グルル、ヴゥ
頷いて、紫の鱗の山に寄り添うように横になった青の竜は、そのまま白の女王に顔を向けた。
グゥ、グルルル
青の竜の声を聞き、白の女王はメリッサの頬をひと舐めすると、ゆっくりと羽ばたきを始めた。

「白は帰るの？」

「子竜達のために、白か青のどちらかはねぐらにいた方がいいそうだ。青は、今日は帰ってきた紫の鱗達と寝るようだ」

その言葉通り、青の竜はすでに一番大きな鱗の山の傍にいて、機嫌良さそうに喉を鳴らしている。

メリッサは、白の女王が飛ぶのに邪魔にならないようにうしろに下がり、小さく手を振った。

「白、また明日。おやすみなさい」

グルルォォォ

ひと鳴きした白の女王は、ゆっくりゆっくり空へと上がって行く。そうして、地上に影響がないほど上空へ上がると、そのまま竜のねぐらへと向かって行った。

翌朝、いつも通りやってきた竜達は、目覚めた青の竜が野菜をもらったあとにそれぞれ野菜を受け取ると、昨日と同じように紫の鱗の周囲に集まっていた。

子竜達は、青の竜と一緒にヒューバードとルイスが仕分けを始めるのを待っているらしく、遊ぶことも駆け回ることもなく、成体の寝姿をまねて丸まっている。

ただ、まだ体の構造自体が大人と違いすぎて、丸まると本当に卵の中に入っていたような体勢になるらしく、すぐにころんと横に転がってしまう。子竜達は、なぜ自分達が転がっているのかわからないようで、何度も挑戦してはころころと転がり、そのたびに近くにいる成体の竜が元の位置に戻してやるといった状態を繰り返していた。

その様子を微笑ましく見ながらヒューバードとルイス、そしてメリッサの三人で、庭の中央に集まり今日の作業について確認する。

「昨日《きのう》のうちに、背中の鱗は大体集められた。今日は、位置を特定しながら、並べてみようと思う。ルイスは引き続き、分類を頼む」

「了解。じゃあ、今度は胸のほうを集めればいいかな」

ルイスはそう言いながら、足元の鱗を拾い上げる。それは大きめの凸面が目立つ胸の鱗だった。

「小さい鱗は、今日も子竜が集めるんだな？」

「ああ。私達が仕事を始めたら、あの子らも仕事を始めるようだ」

そう答えたヒューバードに、その横で聞いていたメリッサが首を傾げた。

「じゃあ、小さい鱗はまだ集まりきってないんですね。私はどうしましょうか」

「小さい鱗は枚数も多いからな。部分としては、頭、脚、翼の一部、あとは尻尾の先の一部、というところか。とりあえず、あの子竜らが拾った鱗を部分部分で見分けられるか試してくれ。

見分けがつくようならその分類を、駄目なら、子竜達と一緒にひとまず鱗を集めてくれ」

「わかりました」

メリッサはヒューバードに笑顔を向け、近くでころころ転がっている子竜達の傍で膝をついた。

「今日は私も一緒にお仕事するの。よろしくね」

そう告げられた子竜達は、転がるのをやめて顔を上げ、メリッサのほうへとにじり寄った。

キュア！

おそらくは、『がんばる！』だろうか。懐かしい子竜の声に、メリッサもにっこりと微笑みを返す。

「青も、お手伝いしてくれる？」

ギュア！

こちらもやはり、『がんばる！』だ。青の竜の声がすっかり大人になっていることが、こうして聞いているとよくわかる。

そうしてメリッサは、竜達に手伝ってもらいながら、小さな鱗の仕分けを始めた。

昨日、子竜達が集めたものはすでに山になっており、今もひとつ咥えては嬉しそうに持ってきているため、どんどん増えている。メリッサはそれがどの部分の鱗なのか判別するため、ひたすらその形状の違いなどを見比べていた。

どの鱗も、子竜達の足より小さい。そういう条件で集められた鱗は、形としてはそれほど差異はないように思う。手のひらに取り、光を透かし、その違いを考えるが、どれも全身に渡る星のような点の位置しか差がないように見えるのだ。

二枚を手に取り、表、裏と順番に眺めながら、その違いを見つけるために凝視する。

「青、青はこの鱗、どこのだと思う？」

ギュー……キキュウ

どうやら、青の竜にもわからないらしく、首を傾げている。

しばらく悩んだメリッサは、最終的に青の竜の脚に視線を向けた。

ちゃんとメリッサに見やすいよう、前脚を差し出している青の竜にお礼を言いながら、その前脚の鱗をゆっくりと眺め、そして撫でる。

そして今度は頭の鱗に視線を向けた。

「……？」

背中と胸ほどの違いではないが、双方の鱗はこうして見ていると確かに別のものに見える。どこが違うのかはっきりとはわからないが、青の竜の顔の鱗と脚の鱗は、確かに別の鱗だと思うのだ。さらに尻尾はもっとよくわかる。他の部分よりも幅が細い。これはすぐにより分けられそうだった。翼は逆に、長さが短く、おそらくは密に生えていたのだろう、これもまた、すぐに判別できそうだ。やはり問題は、頭と脚のようだった。この二ケ所は、大きさと形が似通っており、ぱっと見ただけですぐに判断はできそうにない。

「青。顔の鱗に触ってもいい？」

ギュ！

すぐに届きやすいように頭を下ろしてくれた青の竜に断って、そっと触れてみる。

「……柔らかい？」

メリッサは、その指先の不思議な感覚に、思わず自分の手のひらに視線を向けた。

「もう一度、触るわね？」

そう断って、再び触れてみても、やはりなぜか、柔らかい。鱗は撫でていても柔らかさなど感じないのに、青の顔に生えている鱗は、触れた心地が柔らかいのだ。

「……どうしてかしら」

自分の手のひらを見ながら、難しい表情で悩みはじめたメリッサを、青の竜は横から手元を覗《のぞ》き込みながら首を傾げる。その青の竜の顔を見て、メリッサははっとしたように目の前にある紫の鱗の山に飛びついた。

がさがさと全体を撫でるように触れながら、鱗のそれぞれに視線を向ける。

「……鱗だけだと、感触は変わらない……」

再び手のひらを凝視して固まったメリッサは、もう一度鱗の山に視線を向け、その中から無造作に二枚を手に取った。

しばらく手元を眺め、顔を上げたあとに周囲を見渡したメリッサは、声を上げた。

少し離れた位置で鱗を並べていたヒューバードは、それに応えて顔を上げる。

「……ヒューバード様！」

「どうした？」

「すみません、紫の明星とほぼ同じ年の竜はいませんか」

その問いかけに、ヒューバードはしばらく押し黙り、そうして庭を見渡した。

「あそこにいる琥珀がそうらしい。……何か聞きたいことでもあるのか？」

「聞きたいわけではありませんが、あの竜に脚の鱗を見せてもらうことは可能ですか？」

「それなら、青に頼むといい。青、中央にいる三頭の琥珀の中で一番年長の竜だ。呼んでくれ」

ギュ
青の竜が小さく鳴くと、すぐにその琥珀が起き上がり、のそのそと歩いてきた。

かなり年長に見える琥珀は、まず青の竜に挨拶すると、そのまま前脚を伸ばすようにして寝そべった。

ギュ、ギュア、キュ
青の竜に呼び掛けられ、メリッサは慌てて琥珀の竜に礼を告げて、その脚をじっくりと眺めた。そうしてしばらく手に持った鱗と琥珀の竜を見比べていたメリッサは、何かを掴《つか》んだのか、唐突に顔を上げた。

「……わかったわ！　ありがとう琥珀。おかげで作業を進められるわ」

ぱっと笑顔になったメリッサは、琥珀の竜に礼を言うとすぐさま紫の鱗の山に向き直った。

竜の鱗は基本的に厚い。長い年月、ほぼ生え替わることがない鱗は、丈夫で欠けるようなこともない。だが、摩耗はしているのだ。

メリッサが最初に見つけた特徴は、顔の鱗と脚の鱗では、脚の鱗のほうが傷が多いということだった。しかも、その傷はほぼ特定の場所にだけ固まっている。具体的には鱗の先、体に付く根元ではなくその反対の、体表に出る場所に、表面が細かく削られたような部分があるのだ。

その部分は、他よりも少し厚くなっており、触り心地がでこぼことしていて硬い。

逆に顔のほうは、それほど傷がついていない。顔の鱗は、具体的に均一の厚さで、全体的に薄いのだ。そのため頬の鱗は鱗の下にある肉の感触も感じられ、少し柔らかいと感じたようだ。

メリッサは、子竜が集めてくれた鱗を指先で撫で、先端にある厚みで判断し、ひたすら仕分ける。その手元の速さに驚いた子竜達は、慌てたように鱗の山に飛びつき、せっせとメリッサの元へ鱗を運び続けた。

「メリッサ、小さいのはそれが最後だ」

紫の鱗の山で、仕分けをしているルイスからそう告げられ、メリッサは作業の手を止めた。

「お手伝いありがとう。あなた達のお仕事は終わりだって」

キュ？　キュー

子竜達は、運ぶ鱗はなくなったと理解したらしく、青の竜の傍でころころと転がりながら、メリッサの作業を見守ることにしたらしい。

ときおり子竜と青の竜から応援らしい声を受けながら、メリッサは運ばれてきた鱗を分類していたが、何度も頭、脚と分類しているうちに、ふと青の竜の脚を見て、首を傾げた。

「……脚は四本、指は親指をあわせてそれぞれの足に五本ある。親指はうしろにあって、鱗の形が違うんだから……」

たった今、足の指と判別したその鱗を手に、メリッサは考え込んだ。

「ヒューバード様、若奥様、ご休憩を。ルイス様のものもご用意しております。どうぞ」

気がつけば、昼になっていたらしい。竜の庭の近くにテーブルが用意され、そこに三人分の席が用意してあった。

竜達が近寄れない距離があり、一応建物の陰のため、上空からも竜が来られない。その場所に軽食が用意され、侍女とハリーが並んで控えている。さすが、長年この場所で辺境伯家を預かっていたハリーは、竜達の視線も通り、さらにその爪や顔も届かない場所をよく知っていた。

「あ、ありがとう、ごめんなさい、気づけなくて」

本来なら、女主人であるメリッサがこの席を用意しなければいけないところを、代わりに整えてくれたのだろう。

慌てて立ち上がったメリッサを見て、青の竜と子竜達も一緒に立ち上がった。

「あ……ごめんね、青。ちょっと待ってね」

急ぎ庭から出たメリッサは、テーブルの上にあったリンゴを手に取り、竜の世話をするときにいつも使っている黒鋼のナイフでまず半分切り取った。そうしてその片方をさらに三等分して再び庭へと戻る。

「お手伝いありがとう。青はこのあとも、鱗を見せてね」

リンゴの半分を青の竜が食べるのを確認してから、足元にいる三頭の子竜に、三等分したリンゴを一かけずつ咥えやすいよう口元へと差し出す。

「みんなも、たくさんお手伝いしてくれてありがとう。これはお礼よ。産み親に見せてから食べてね」

そう告げられた三頭は、それぞれ欠片《かけら》を口に咥えると、一目散に産み親の元へと駆けて行き、その足元でそれぞれ食べ始めた。

そうやってメリッサが竜達へリンゴを渡している間に、ヒューバードとルイスは席に着き、メリッサを待っていた。

三人で午前の仕事について報告しながら、侍女達の給仕で昼食をとる。ルイスは、パンに齧《かじ》りつきながら、ひとまず現在の状況について説明を始めた。

「鱗の最初に言っていた大まかな分類はできたと思う。背中、胸の鱗は特定できたし、小さい鱗についてはすべて子竜達が運び終えた。今残っているのは、おそらく尻尾の付け根だろう」

「背中については、中央部分、羽の間の大きな鱗の並びについて確認できた。予想通り、その場所の中央の鱗がなくなっている。それがおそらく、ガラールで装飾品に加工された鱗だと思われる」

ヒューバードが作業していた場所には、革を繋《つな》げた敷物の上に、まっすぐに大きな鱗が並べられていた。さらに、首元から翼の付け根の間は、すでにその範囲を埋め尽くすように鱗が並べられている。

「ヒューバード様、青の体を見てなくても並べられたんですか？」

「あの部分なら、飛行訓練のたびにいつも見ていたからな。あそこの部分から下は背後になるから、さすがに私も覚えていないし、ちゃんと見たほうがいいだろうな」

ヒューバードはそう言って苦笑しているが、いくら毎日見ているからといって、正確に並べられるようなものではない。それだけいつも、竜の体調を気遣い、気をつけながら見ている証《あかし》だろう。

「だが、一番大変なのはメリッサの作業だろう。子竜達は、部位を考えずに大きさだけで集めたからな」

「途中から、子竜達が運ぶ大きさの鱗もなくなったから、かなりごちゃごちゃしたんじゃないか？」

竜騎士二人に気遣われ、メリッサは微笑みながら、ゆるゆると首を振った。

「いえ。むしろ一斉に集まったからこそ、その違いもわかりやすかったんです。おかげで、頭と尻尾、そして頭と脚について、それぞれの特徴もわかりました。種類をただ分類するだけなら、おそらくあと一刻もあればできます。ただ……」

「ただ？」

メリッサは、少しだけ眉《まゆ》をひそめ、午前中分類していた鱗について、つい先ほど気づいたことを口にした。

「足の鱗……おそらく指の鱗が足りません。個体差もありますから分類が完了してみないと正確な枚数はわからないのですけど……少なくとも、親指の鱗は一本分足りていないと思います」

それを聞いた瞬間、ヒューバードとルイスの表情に、一瞬緊張が走る。

「ルイス」

「捕縛した密猟者の証言もあわせて、あいつらの隠れ家についてはもう竜の遺骸は残ってないと断定できる。隊長自身がすべての隠れ家に赴き、紫の盾が目を使いながら捜索した結果だ。少なくとも、キヌートの隠れ家にはないってことだろ」

「他の国にも隠れ家があるということか」

ヒューバードが白の女王に視線を向けながら、ルイスに問いかける。

「あるとすれば、この前紫の鱗を装飾品に加工したガラールの隠れ家だろうが……あそこも、もう隊長が捜索をしている。何だったら、紫の盾自身に証言させてみればいい」

「ガラールの密猟団についても、ガラールが威信をかけ、捕縛と捜査を請け負った。現在新しい情報は来ていないようだが……もう一度問い合わせるべきか」

「それよりも先に、密猟団を締め上げるべきだ。今もまだ尋問は続いているはずだから」

メリッサは、二人の話を聞きながら、みずからの左手につけてある青の竜の鱗に視線を向けていた。

青の竜が、子竜から成体になる際に抜け落ちたこの鱗は、最初に生え替わった記念の鱗として、青の竜から代理親であるメリッサに贈られたものだ。これは子竜の鱗だが、成体の鱗でも指の鱗なら、この鱗と大きさもそれほど変わらなかった。

「あの……指の鱗ならそれほど加工しなくても、ネックレスなどの装飾品にできるかもしれませんよね」

メリッサが、視線を落としたままそうつぶやくと、目の前の竜騎士二人はそのまま沈黙した。

「……つまり、もう流通しているかもしれない、ということか？」

それは竜騎士達にとって、ある意味最悪の事態である。

「だが、紫の鱗で装飾品となると、それこそ形を変えない限り、この大陸では流通できない。そもそもこの大陸では、紫の石が取れる鉱脈はそれほど多くない」

「そうだな。紫の盾のために、隊長が宝石商に紫の石を集めるように依頼しても、相当時間かかるって愚痴ってたしな」

ルイスの答えに、ヒューバードは頷いた。ヒューバードが王宮で竜騎士として勤めていたときから、現在の竜騎士隊長であり、ヒューバードが騎士隊長だったときは副隊長だった紫の盾の騎士クライヴは、まったく同じ愚痴をつぶやいていたのである。それについては、食堂でメリッサも一緒にヒューバードの膝の上で聞いていたので覚えている。

「紫の石を集める場合、ある程度の大きさのものを求めるなら、他の大陸からの輸入になる。竜の鱗ほどの大きさとなれば、それが他大陸からのものだとしても噂《うわさ》になるし目立つだろう。そうなれば、紫の石に関して話を集めるクライヴの耳に確実に入ると思う」

三人はテーブルを囲み、それぞれが額を押さえ、押し黙った。

「……ひとまずメリッサ、午後は足の鱗を中心に揃えてもらえるか。足りない鱗が正確に何枚ほどになるのか、数を出したい」

「わかりました」

メリッサはヒューバードの言葉に即座に頷き、立ち上がる。

「ルイスは、引き続き胸の鱗を揃えてみてくれ。背中については私が今まで通り見るが、先にメリッサと一緒に、足の鱗を揃える」

「わかった。王宮への連絡は、白の女王から頼む。今、琥珀は出かけてるしな」

「そもそもお前は休暇中だろう。休暇のお前をこき使ってるんだから、それ以上は求めない。連絡くらいはこちらでする。心配するな」

そして、竜騎士二人も重い腰を上げた、その瞬間だった。

「……今、なんか、聞こえたか？」

ルイスが突然固まって空を見上げた。その固まったルイスの隣で、ヒューバードはただ首を傾げた。

「何が聞こえたんだ？」

「なんて言うか……鼻歌っぽい？」

首を傾げるルイスの隣で、ヒューバードは空を見上げ、周囲に視線を巡らせた。

「……白、何か聞こえるか？」

庭の真ん中で、首を上げて王宮との連絡を試みていた白の女王が、ヒューバードに視線を向けて首を傾げている。

「……白には聞こえてないらしいが。お前の小剣じゃないのか？」

「え、やっぱりそうか？　……いや、でも、帰ってくるのが少し早くないか？」

休暇だから自由に飛んでこいとルイスが琥珀の小剣を送り出したのは昨日のことだ。この辺境で、確実に主《あるじ》が動かないとわかっているなら、いつもは何日か連続で飛び回っているのが常の竜の集団が、翌日のさらには昼に、声が聞こえるほど近くまで帰ってきているとは信じられなかった。

「何かあったのか？」

目を凝らすルイスの横で、ヒューバードは素早く胴具を取りに軍舎へと向かい、白の女王の胴具を引っ掴むと竜の庭へと入り、白の女王へと駆け寄っていく。

もし何かあったなら、ルイスがまず琥珀の小剣自身から知らされるはずだ。それがないとなれば、琥珀の小剣のできるだけ近い位置にルイスを運ばなくてはならない。

白の女王に胴具を装着し、琥珀の小剣がどこにいるのかを目視で探しはじめた二人は、それから程なくして、たった一頭、空を飛んでくる琥珀の姿を地上から発見した。

集団で飛んで行ったはずの琥珀の小剣は、一頭で帰ってきているらしい。いつもならあっという間に近づき、通り過ぎそうな速さを誇る竜が、やたらとゆっくりと飛んでいた。

「怪我でもしたのか？」

ヒューバードが目を眇《すが》めながら空に視線を向けているその横で、ルイスも同じく目を眇め、みずからの竜の違和感に気がついた。

「……なんか口元に咥えてる？」

「布、か……緑と白の……旗か何かか？」

「旗にしては、布の量が多い気がする」

慌ただしく動きはじめた竜騎士二人に驚きつつも、緊急事態ならば声を掛けるのも躊躇《ためら》われ、ただ様子を見ていたメリッサも、動きが止まり、空を見上げはじめた二人の元へ、青の竜と共に足早に移動した。

「どうかしたんですか？」

そう問いかけたメリッサに、二人はなんとも言いがたい表情で首を振った。

「もしかしたら、琥珀の小剣が怪我をしているかもしれない」

それを聞いた瞬間、メリッサは大きく目を見開いた。

「え、大丈夫なんですか⁉　お迎えに行った方がいいんじゃ」

「あそこに飛んでいるが……小剣にしては遅いんだ」

そう言ってヒューバードが指さした先には、確かに琥珀の竜が一頭、ゆっくり空を飛んでいる。その速度は、最近メリッサが見慣れた、子竜を背中に乗せた竜くらいだろうか。

「今、小剣はまっすぐこちらを……いや、おそらくルイスを目指して飛んでいる。それなら、今の速度を維持したまま降りてこさせた方が、怪我をしていても安全に降りられるだろう」

そう説明したヒューバードに、メリッサは納得して身を翻《ひるがえ》した。

何にせよ、琥珀の小剣は少し長い距離を飛んで来たはずなのだ。それなら、水と野菜を与え、翼を休ませる時間が必要だろうとメリッサは考えた。

新しい水を水飲み場に用意し、野菜は他の竜に見えないよう、カブをひとつ用意する。そうしてから、再び庭の中央付近へ近寄ったメリッサは、もうすぐそこまで迫っていた琥珀の小剣の姿を見て、驚きで目を見開いた。

「あれ、小剣、何を咥えているんです？」

「旗か何かかと思っていたんだが……違うな」

メリッサは、改めてそれに目を凝らし、首を傾げた。

「旗にしては、部分的にずいぶん薄い布が使われているようですし布の量が多いです。どちらかといえばカーテン……いえ……違います。ヒューバード様、あれ、ドレスです！　ドレスのスカート部分です！」

メリッサがそう告げた瞬間、その場にいた竜騎士二人は揃って驚愕《きょうがく》に目を見開いた。

「はい!?　小剣、お前、この距離ならもう聞こえてんだろ！　何を咥えてきた！」

絆の騎士の問いかけに、僅かに尻尾をくゆらせて答えたらしい琥珀の小剣は、ヒューバードとメリッサ、そしてルイスの正面に、ゆっくりゆっくりと慎重に降りてくる。

そこまで来れば、メリッサにも小剣が咥えていた何かがはっきりと理解できた。

ひらひらした薄手の布の間に、白い足が見える。小さな足を、革製の編み上げサンダルが包んでいる。靴の作りは華奢《きゃしゃ》で、あまり歩くことのない人物なのだとその靴は示している。

足があるということは、当然ながら上半身ももちろんある。薄手の布は、メリッサが知っているイヴァルト王国で流行しているような体の線に合わせた縫合ではなく、あまり体を締め付けない衣装らしい。袖《そで》が大きくひらひらした衣装の隙間《すきま》から伸びた腕は細く嫋《たお》やかで、華奢な手首を金の繊細な細工が覆っている。その色合いと飾りから、かなり高位の、日頃《ひごろ》から日の光には当たらない生活をしている人物であることが見て取れる。

そして、頭から伸びている焦げ茶色の髪は、緩やかに三つ編みにされていたらしく、今はほどけかけて乱れてしまっている。それでも、華やかな大ぶりの金の髪飾りが使われ、その人物が金を豊富に使える身分にあることを示していた。

「……間違いなく、女性です、ね」

「小剣！　どっから攫《さら》ってきたぁぁぁ!!」

ようやく降り立った琥珀の小剣は、その咥えてきた女性をこれ以上はないほど丁寧に、そっと地上に下ろした。機嫌良さそうに女性を眺める様子は、まさに竜が自分の寝屋に、一番大切な宝物を飾ったその瞬間の表情だ。

琥珀の小剣が咥えてきたのが女性であったことから、救助をするために慌てて駆け寄ったルイスとヒューバードを見て、琥珀の小剣はその女性を二人の視線から隠すように、のっそりと覆い被《かぶ》さり、みずからの腕の中に閉じ込めてしまった。

「小剣！　それはお前が連れて帰っていいものじゃないだろう!?　すぐに返して来い！」

慌てて説得にかかるルイスに、琥珀の小剣はなぜか目を輝かせ、高らかに鳴き声を上げた。

ギュア！　グルル、グゥアアアア！

それを聞いた瞬間、再びヒューバードとルイスは固まった。

「……は？」

聞いたことが信じられないとばかりに、ルイスが呆然とそうつぶやくと、再び琥珀の小剣は、胸を張りながら同じように鳴き声を上げた。

それを聞き、ルイスは膝から崩れ落ち、そのまま力尽きたようにばったりと地面に倒れ、そしてその横で、ヒューバードは目元を押さえて天を仰いだ。

「あの、ヒューバード様、小剣は一体何を……」

今、小剣が同じことを繰り返し言っていたのはわかる。とても自信満々なのもわかったが、メリッサはその鳴き声が示す言葉がわからなかった。

「これがルイスのつがいだ……」

一言、そうつぶやいたヒューバードの足元で、倒れ込んでいたルイスがそのまま呻《うめ》いている。

「うあぁぁぁ……嘘《うそ》だろう？　やっちまったぁぁぁ……」

ルイスが呻きながら頭を抱えて転がる様を、メリッサは驚愕の表情のまま見守っていた。

第二章　ミモザの部屋にて

竜の庭に立ち尽くすヒューバードとメリッサ。そしてその二人の足元で、顔を覆い隠して転がるルイス。その周囲には、不思議そうな表情で、ルイスのまねをしてころころ転がる子竜と、自分の騎士のつがいを見つけてきた琥珀《こはく》の小剣に祝いを述べ、高らかに鳴き声を上げる竜達。建物の中に入っていた人々も興味津々で窓から顔を覗《のぞ》かせ、様子をうかがっている。

そんな騒ぎのまっただ中、庭にいた三人の中で真っ先に動きはじめたのはメリッサだった。この賑《にぎ》やかさでも、琥珀の小剣が咥《くわ》えてきた女性がまったく身じろぎしていないことに気がついたのだ。

「ヒューバード様、私、急いで屋敷に部屋を用意してきます。あの方をあのまま庭に寝かせていては、体を痛めます」

たとえ竜が強引に攫《さら》ってきたのだとしても、ひとまず客人には違いない。帰す帰さないの話はまた別として、そのまま地面に寝かせておくわけにもいかない。

「……そうだな。部屋は庭から一番近い、執務室の下の竜騎士用応接室を。寝台は窓際で、竜の庭から姿が見えるように。……今の琥珀の小剣は、ルイスのつがいを守っている状態だ。そのまま見えない場所に彼女の身柄を置くと、心配のあまり屋敷を壊す」

ヒューバードの言葉に、メリッサも即座に頷《うなず》いた。

「わかっています。家具は客間から移動させます。できるだけ急ぎたいので、使用人だけでなく兵士の方にも助力をお願いしたいのですが」

ヒューバードはそれに応えて、すぐさま軍への要請書を用意するためにハリーを呼び出し、そしてそれを見て、メリッサは青の竜にいつもの挨拶《あいさつ》をして、屋敷へと駆け込んだ。

「ヘレン、ヘレン、いませんか⁉」

屋敷の中で、メリッサは真っ先に侍女長のヘレンを呼んだ。ヘレンも、外の騒ぎを聞きつけていたようで、仕事を中断してメリッサの帰りを待っていてくれたらしい。すぐに控えの間から飛び出してきて、メリッサの元へと駆けつけた。

「若奥様、何ごとでございますか？」

「竜が、女性をひとり連れ帰りました」

そう告げた瞬間、ヘレンの表情が固まった。

「今は意識がないようですが、竜が彼女を離そうとしません。竜にも中がよく見えるように、竜騎士の応接室を一時的にその方の客間とします」

「かしこまりました。それでしたら寝台の中も見えるようにした方がいいのですね？」

「ええ。さすがです、ヘレン」

思わずメリッサが破顔すると、ヘレンもにこりと微笑《ほほえ》んで、胸を叩《たた》いた。

「お任せください、若奥様。この国で、当家ほど竜騎士のつがいの女性が現れた際の扱いに長《た》けた家はございません」

どうやらヘレンは、竜が女性を連れ帰ったと告げた時点で、今は意識のない彼女がどうしてここに来ることになったのかすべてを察したらしい。

時間を無駄にすることはないので、移動しながらメリッサはヘレンに問いかけた。

「ヘレンは、今の話だけで、どの竜が女性を連れ帰ったのかわかったのね」

「わかりますとも。普通、竜はわざわざ、人をここまで連れて帰ってきたりはしませんから。可能性としては、特別な理由、それこそ絆《きずな》の相手のつがいを見つけたか、上位竜か竜騎士が命じるかでしょうが、連れ帰ったのが女性となると、最も可能性が高いのは今ここにいる竜騎士で、独身のルイス様のつがいでしょう」

「正解です」

苦笑して、竜騎士用の応接室の扉を開けたメリッサは、すぐさま部屋の中に入り、掃き出しの窓を全開にした。

「今、意識はないですけど、お目覚めのあと少しでも印象を良くしたいの。ルイスさんの花嫁になる方なら、できるなら竜と仲良くなって欲しいから」

「そうですね。竜が急に連れてきた女性となると、みなさんまず不安がっているそうですわ」

「それならなおさら、仲良くなれるようにがんばらないと。まずは少しでも快適に感じていただけるようにお部屋をしっかり整えましょう」

　笑顔でそう宣言したメリッサに、ヘレンも笑顔で頷き、同意した。

　この部屋は、新しい竜騎士が誕生した際、竜騎士として国と契約を交わすために使う部屋となっている。当然、竜と絆を結んだばかりだと、竜は騎士を自分の傍《そば》から離すことを拒否する。その視線を一時も離すことなく、もしその姿を隠すようなそぶりをすれば、家の中まで竜が突撃してくる。そのため、ここだけは竜騎士の庭に近く、竜の庭から直接出入りもできるように大きな掃き出しの窓を備え、中がよく見えるようにその窓を全開にできる構造になっている。

　窓から出入りするために、外には簡単な屋根とタイル敷きの床は備えられているが、タイルの上には竜達の視線を邪魔するようなものは置かず、また柱などもない。まさに、今回のような竜が大切にしている人物を預かるための部屋ということだ。

「まず、必要ない家具を外に出しましょう。寝台は運ぶための人員を軍からお借りします。兵舎から人が来る前に、寝台が置ける空間を確保します」

「わかりました。では、人手を集めてまいります」

　ヘレンはそう告げていったん下がり、メリッサは部屋の布製品を剥《は》がして回る。

「カーテンは付け替えて、今は意識がなくても、椅子《いす》とドレッサーは入れておいた方がいいわよね……続き部屋はないから、近くに仕度用に小部屋を用意した方がいいのかしら」

応接室といっても、客間ほどの広さはない。入れられる家具を選ばなければと布の山を抱えて部屋を出ると、そこに義母が立っていた。

「お義母様《かあさま》」

いつもながら、ヒューバードの着ている軍服と似たような上衣をまとった義母は、急ぎ上階から下りてきたばかりらしく、ヒューバードと同じ黒髪がほんの少し乱れていた。それを簡単に指で直しながら、義母は応接室の中へと視線を向けた。

「ヘレンから話を聞きました。何か手伝うことはあるかしら？」

「ありがとうございます！ ぜひ、相談に乗っていただきたいです。この部屋に入れる家具についてなんですけど……あ、先に、この布を預けてきます」

「ええ、足元に気をつけなさいね」

両腕で抱え込むように布の山を持つメリッサを、義母は微笑みながら見送ってくれた。

メリッサは、近くにあるリネン室にひとまず抱えていた布を下ろし、すぐさま義母の元へと急ぎ足でとって返した。

「寝台は、天蓋《てんがい》のないものを用意したいんですけど、確かこちらの母屋には、天蓋のない寝台は使用人のものしかなかったと思うんです。お客様用の天蓋なしの寝台はあるでしょうか」

「それなら別棟ですね。……距離があるけれど運べるかしら。急ぐのよね？」

「人手なら、兵士のお手伝いをヒューバード様に要請していただきました」

元々この辺境伯家本邸には、それほど使用人はいない。男性使用人も、かなりぎりぎりの人数しかおらず、手が足りないときはクルースにある別邸から移動してくることになっている。

だが、今すぐにでも必要な場合、しかもそれが家具を移動させるような力仕事の場合は、この屋敷内にあるイヴァルト王国軍辺境警備隊の人員を一時借りることになっている。

「それなら大丈夫ね。では、そちらの指揮は私が預かりましょう。メリッサ、あなたはこちらの部屋の家具について、よろしくね」

「はい！」

思わず元気いっぱいの返答をしてしまったメリッサを見た義母は、口元を隠しながら上品に笑い、そうして、もうひとつと付け加えた。

「部屋を作ったあと、女性を解放する説得はあなたがした方がいいかもしれません。意識がないとなれば、竜はその女性が意識を取り戻して声を掛けるまで、つがいである騎士にも女性を渡しません。まず竜を説得して、それから運ぶのを騎士ルイスにお願いなさいね」

「わかりました」

義母からの助言をありがたく受け、メリッサは再び部屋の中へと戻る。

ヘレンの話を聞いて駆けつけた使用人達に、順番に部屋から家具を持ち出してもらい、みずからは布製品を揃《そろ》えるために、侍女として行き慣れた布製品の保管場所へと向かう。

かつて、メリッサは、屋内ではこの布製品の保管場所の管理をおこなっていた。そのため、在庫についてはちゃんと記憶している。

　今はメリッサの前に布製品を管理していた老侍女が管理をしている。その侍女に声を掛けて室内へと入り、メリッサは琥珀の小剣の色合いを思わせるミモザの花模様が入った布製品を一揃え抱え込んだ。さすが辺境伯家、一通り、竜達の色合いの製品を揃えてある。この布なら、琥珀の小剣相手の目印として申し分ない。

　これは、この室内にあなたの騎士がいると竜達に示すために行うのだと、メリッサは侍女となるときに学んだ。その目印がないと、竜達はとても不安に思うらしく、騎士の周囲にいるものすべてを敵と見なすこともあるのだという。王宮の侍女達は、部屋を使う竜騎士の騎竜の色によって、使用する部屋自体を変えて対応していた。

　熟練の竜と竜騎士なら、窓の外に少し目印があるだけで納得するが、理性より本能が勝る琥珀の竜だとそれでも若干の不安が残る。

　辺境伯家だと、さすがに王宮ほどは部屋数がないので、迎え入れる部屋を色別に用意しておくことはできない。さらには、ここで一番多く対応しなければならない竜騎士は、絆を結んだばかりの、まだ竜達が完全に騎士を手放さない時期となる。しかも今回は、それを上回るような、まさに竜自身が守る宝を預かるのだ。それなら、明確にその在《あ》り処《か》を色で示しておいた方が安全だろう。

　メリッサが布製品の山を抱えて部屋に戻ったときには、すでに部屋の中は空っぽになっていた。家具を運び出した侍女達は、引き続き部屋の掃除していたようで、メリッサの姿を見たヘレンが慌ててメリッサの手にあった布製品を受け取りながら、問いかけた。

「家具はひとまず最低限ご用意いたします。中の壁紙はさすがに変更できませんが、絨毯《じゅうたん》はいかがしましょう」

そう問われ、メリッサはあらためて絨毯に目を向ける。絨毯は緋色《ひいろ》の毛足が長いもので、客用としては上質のものだ。しっかりと目の詰まった絨毯の感触を足で確かめながら、メリッサは頷いた。

「この絨毯なら大丈夫。緋色なら、琥珀の小剣の翼膜にも少しだけ色が入っていたから、色も問題ありません。掃除をして、小さな家具を先に入れましょう。お義母様が別棟から、天蓋なしの寝台を運ぶ指示をしてくださっているんだけど、そろそろ来るかしら」

「では、寝台を入れると動かしにくいものから入れた方がいいですね」

部屋にいた侍女達によってひとまず小さな円形の机と椅子、小さな衣装入れが運び込まれ、メリッサが選んできたミモザ模様のカーテンに掛け替える。

そうして間を置かず、別棟から寝台が到着し、部屋が整えられた。

「メリッサ。ここまでできていたらあとは大丈夫です。あなたは竜の説得にかかりなさい」

義母が庭に視線を向け、メリッサを促した。メリッサも義母の視線の先を辿《たど》り、そして今も膠着《こうちゃく》状態らしい琥珀の小剣の様子を見て、すぐさま掃き出し窓へと足を向けた。

「では、あとはよろしくお願いします」

掃き出し窓からタイルを敷き詰めたテラスに一歩出てから、室内に向かってそう声を掛けると、メリッサは返事も待たずにまっすぐ竜の庭を駆け抜けた。

今はまだ、竜達の興味は琥珀の小剣とルイスに向けられており、普段ならばメリッサを見て挨拶したがる竜達も反応することなく道を空けたままになっている。

そこを駆け抜け、辿り着いたとき、まだ事態は平行線のままであり、ルイスは必死で琥珀の小剣から女性を取り戻そうとしているようだった。

「だからな、人の親は、急に我が子が消えたら探すもんなんだよ！」

ギューア、ギュギュ！

「成人はしてても、その子はまだあきらかに若いだろ！」

グギュアァ!!

女性は、まだ琥珀の小剣の腕の中、しかもルイスにすら見せないように、隠しているらしい。

メリッサは、手を出すことなく見守っている他《ほか》の竜達と、なぜかこちらも手を出さずに見ていたヒューバードに視線を向けた。

「あの、ヒューバード様」

「ん、ああ、メリッサ。部屋の用意は？」

「ひとまず寝台は用意できましたから、室内の最後の仕上げは任せてきました。お義母様から、琥珀の小剣は私が説得した方がいいからと」

それを聞いたヒューバードは、すぐさま隣にいた白の女王に視線を向け、頷いた。

「任せる、メリッサ。一応、メリッサは白が守る。白の足元で、説得してみてくれるか？」

「はい」

なぜヒューバードは見ているだけだったのか。なぜ説得は自分がいいと言われたのか。それについてはメリッサには理由もわからないが、ひとまず琥珀の小剣の腕の中で今も意識のない女性を引き取るのが先である。メリッサがヒューバードに目線で合図を送ると、ヒューバードはルイスの腕を引き、いったんその場から下がらせた。

そうしてメリッサは、白の女王の前から、琥珀の小剣に語りかけた。

「琥珀の小剣」

……グギャ？

首だけを白の女王に向けた琥珀の小剣は、その足元にいたメリッサを見て、首を傾《かし》げた。

「小剣は、ずっとルイスさんのつがいを探していたの？」

メリッサがそう問いかけると、琥珀の小剣はそれは嬉《うれ》しそうな表情を見せた。

「見つかって良かったね、おめでとう」

笑顔でメリッサが琥珀の小剣に告げると、琥珀の小剣も目を細めて喉《のど》を鳴らした。

グギュルル……ルルル、ルル

先ほどから、竜達は歓迎していても、人は歓迎の言葉をかけていなかった。だからだろう、琥珀の小剣は、ようやく受け入れられたことを喜んでいるようだった。

「メリッサ!?」

その様子を見て、慌てたようにルイスが声を上げたが、すぐさまヒューバードの手がルイスに伸びて口を塞《ふさ》ぐ。

ヒューバードの視線は、そのままメリッサを応援してくれているようだった。それを心強く思いながら、メリッサはしっかりと琥珀の小剣に視線を向ける。

「その人が、ルイスさんのお嫁さんなのよね？　じゃあ、私ともお友達になれるかしら」

そう聞いた琥珀の小剣は、一瞬不思議そうに首を傾げたが、白の女王とヒューバードを何度か眺めて、嬉しそうに再び鳴いた。

「私も、竜騎士のお嫁さんだから、仲良くなれたら嬉しいわ。それでね、小剣。その人は、まだ竜と出会って間がないでしょう？　人間の女の人はね、竜達や竜騎士達みたいに、地面で寝ることにあんまり慣れてないの」

……グギュ？　……ギュ？

一度、腕の囲いの中でぐったりしている女性に視線を向け、そしてメリッサに視線を向けた琥珀の小剣に、さらにたたみかける。

「私も、最初はさすがに、寝るときはずっとヒューバード様が抱えていたのよ？　ひとりで寝たりしてないわ」

そう説明すると、琥珀の小剣は自分の腕の中にいる女性をじっと見つめたまま考え込むように固まった。

琥珀の小剣とルイスは、ヒューバードと同じ年に竜騎士となったいわゆる同期である。メリッサとのつきあいも、当然ながら同じだけある。小さな頃《ころ》のメリッサが、ヒューバードと白の女王にどのように構われていたかもちゃんと見ていたはずだ。

メリッサ自身としては、あまり声を大にして言えるようなことではないが、メリッサが小さな頃、基本的に昼寝のときはヒューバードが抱き上げていた。ヒューバードに抱えられたその状態から、白の女王が前脚で抱き込んでいたのだ。

白の女王と遊んでいるときも、傍にはずっとヒューバードがいたし、白の女王が抱えようとするときは、かならずヒューバードが間に入っていた。つまり、直接竜に触れることはあまりなかったし、地面に直接座ったり寝転んだりするようなことはしなかった。

「人間の女の人は、とても傷つきやすいの。ちゃんと仕度をしないと、地面の小石で肌を傷つけることもあるくらい。今、その人は眠っているでしょう？　だから今のうちに、人間の寝屋に運んであげないと、怪我《けが》をしてしまうかもしれないわ」

ギュ、ギュゥゥゥ？

慌てたように女性に視線を向けた琥珀の小剣に、メリッサは落ち着いた声で大丈夫と告げた。

「小剣にも見えるように、この庭のすぐ近くに、お嫁さんの寝屋を作ったの。ほら、あそこ、見える？」

メリッサは、屋敷の母屋に翻る、ミモザの花模様のカーテンを指さした。

「あそこに、そのお嫁さんのための寝屋を作ったのよ。あなたの色で飾ったの。あそこなら、柵越《さくご》しでも、ちゃんとあなたにもお嫁さんは見えるから大丈夫。私や辺境伯家の人たち、それにヒューバード様も、ちゃんと大切に預かるわ。だから私達に、お嫁さんを任せてくれる？」

ギュアァ？　グギュー……

琥珀の小剣は、メリッサの言葉を聞いて、しばらく鼻先で女性の頬《ほお》を突くようにしていたが、最終的に顔を上げ、みずからの騎士であるルイスに呼びかけた。

すぐにルイスは琥珀の小剣に駆け寄ると、その脚に守られるように抱えられていた女性を腕に抱き、立ち上がった。

「あちらへ」

メリッサが促すと、ルイスはゆっくり歩きながら、屋敷を目指した。そのうしろには、当然のように心配そうに覗き込む琥珀の小剣もついてきている。

メリッサは、それを庭で見送り、ヒューバードにこっそり視線を向けた。

「ヒューバード様。ひとつ聞いてもいいですか？」

「ああ、ひとつと言わずいくらでも」

その答えに心強く思いながら、先ほども感じた疑問を口にした。

「琥珀の小剣の説得、どうして私じゃないと駄目だったんでしょう？」

しかもそれを、義母も理解していた。ということは、これはおそらく辺境伯家では当たり前のことなのだろう。

「この場合、メリッサが一番あの花嫁の立場に近いからだ。私は竜騎士。ルイスと同じ立場にある。ルイスが反対を表明しているなら、竜達から見て私も反対の立場ということになる。メリッサは、ルイスのつがいと同じ立場だ。今の場合、本来ならあの花嫁自身が声を上げられればいいが、意識がないため難しい。他に我が家では、母も一応竜騎士の花嫁ではあるが、母はもう竜の守りがない。そうなると、メリッサが唯一、彼女の言葉を代弁できることになる」

その説明で、メリッサにも一応納得できた。

「つまり、あの状態でヒューバード様が彼女の解放を願っても、叶《かな》えてもらえないということですか」

「そうだな。いくら大丈夫だから預けてくれと願っても、そのあとはルイスの願いを叶えるのだろうと思われるんだ。ルイスがもう少しうまく説得してくれていればなんとかなったかもしれないんだが……気が動転していたのかいきなり帰す方向で話をしていたからな。それは小剣としては受け入れられないから、こじれていたんだ」

ヒューバードがメリッサに手を差し出し、メリッサはその手をとる。そうして自然と手を繋《つな》ぎながら、歩いて屋敷へと向かう二人は、竜達が作り出した道を歩く。

「あの方は、ルイスさんの花嫁にはなれないんでしょうか？」

その問いに、ヒューバードは若干苦い表情で、わからないとつぶやいた。

「まず、彼女はどこの誰《だれ》なんだろうな。それがわからないと、交渉のしようもない……花嫁以前の問題だな」

竜が一度決めてしまったことは、よほどのことでもない限り覆されることはない。もし、あの女性がルイスの花嫁にならないなら、ルイスは一生独身ということになる。

ヒューバードももちろんそれはよく理解しているため、相手の素性がわかっているなら、辺境伯家で交渉を引き受けることを考えたのだろうが、現在相手の意識がないのでなんともしようがない。珍しく、疲れきったような表情で琥珀の小剣の背中を追いかけるヒューバードに、メリッサは笑いかけた。

「大丈夫です。見たところ、呼吸も安定しているようですし、怪我をしている様子もありません。それならじきに目を覚ましますし、そうすれば彼女の素性も簡単にわかりますよきっと」

握っていた手に少しだけ力を込めて、メリッサはあえて気楽にそう告げた。メリッサにしても、そうそう簡単にはいかないとは思っていたが、今はあえて気休めでも、考えすぎるよりもいいように思ったのだ。

ヒューバードも、そんなメリッサの思いが理解できたのか、足を止めてメリッサが握った手を握り返し、それを口元へと運ぶと、軽く口づけた。

「ありがとう、メリッサ。……あとひとつ、頼まれてくれないか」

手に口づけられ、頬を染めてうつむいていたメリッサは、その声に慌てて顔を上げ、ヒューバードに笑顔を向けた。

「はい、何でしょう？」

「あの女性についていてくれないか。可能なら、目覚めたあともできるだけついていてくれると助かる」

そのヒューバードの願いに、メリッサは当然とばかりに笑顔で頷いた。

「今日《きょう》は一日時間を空けてありましたから、大丈夫です。ただ……紫の鱗《うろこ》、並べ替えるのは遅れてしまいますけど」

「それについては、足りないことがわかっただけでも十分だ。鱗の在り処については、尋問の結果を待つしかない。だからひとまず、あの意識のないルイスの花嫁についての解決が先だな」

ヒューバードはそう説明して、再びメリッサの手を引いて歩きはじめた。

すでにルイスは、用意されていた部屋に到着し、待ち構えていたヘレンと義母の手を借りて寝台に彼女を寝かせたらしい。部屋を出てきたルイスにヒューバードは声を掛け、琥珀の小剣に話を聞くために庭へと移動を促した。

「メリッサ。じゃあ、彼女についていてもらえるか」

「はい、お任せください」

玄関へと向かう竜騎士二人を見送ると、すぐに部屋の中に声を掛け、室内へと足を踏み入れた。部屋に入った瞬間今まさに侍女のヘレンが彼女の靴を脱がせる姿を目にして、ふと首を傾げた。

「……素足だったんですね。もしかして、屋内にいたんでしょうか」

足元を覆っていたのは、柔らかい革製の編み上げサンダルだった。どうやら肌の色が白いらしく、足先だけが覆われていた状態を遠目で見たメリッサは、てっきり絹の靴下でもはいていると思っていたのだが、そうではなかったらしい。しかも、その靴の裏は柔らかく、汚れてもいない。

しかし、そんなメリッサの考えは、傍で見守っていた義母の言葉によって否定された。

「屋内にいたとしたら、竜に攫われることはないでしょう。そもそも視線に入らなければ、竜に気づかれることにはならないのですから」

「そうですよね……」

少しでも、彼女の素性についての手がかりになるならと様子を見ていたメリッサは、ふと、彼女の上着が砂で汚れているのに気がつき、そっとその砂を払う。そうして素手でその衣装に触れて、メリッサは口ごもってしまった。

「……絹ですね。とても高級なものです。それに、この形のドレスは、私は王都でも見たことがありません」

その手触りに、とても嫌な予感がした。それを肯定するように、義母は頷く。

「絹だけではありません。身に着けている装飾品からしても、すべて金です。……彼女はおそらく、かなり身分の高い方なのでしょうね」

思わず沈黙したメリッサと義母の横で、手早く作業を続けていたヘレンが、手を止めて二人に視線を向けた。

「装飾品はいかがしましょう」

その問いに、メリッサは一瞬迷う。

「……休息を取っていただくなら、装飾品の重みはない方がいいでしょう。外すのは私がします。お目覚めになったら、それらをすぐにお返しできるように保管しましょう」

メリッサの隣でそれを聞いていた義母は、まるで引き止めるようにメリッサの腕を掴《つか》んだ。

「お待ちなさい。あなただと、左手の飾りで金を傷つけるかもしれません。私が代わります」

メリッサの左手には、黒鋼と青の竜の鱗を使った飾りがつけられている。確かに、金属の硬さから考えれば、金より黒鋼のほうが硬い。これが少し触れただけでも、傷つける可能性があるだけに、メリッサは手を止めるしかない。

義母は、みずからの手から、緑の石が使われた指輪を外し、それをメリッサに差し出した。

「あなたのそれは、青の竜との信頼の証《あか》し。けして外してはなりません。私の装飾品は、いつでも外せる指輪だけ。ですから私が代わりましょう。その装飾品について、私が一切の責任を負います。いいですね」

「お義母様……」

「それと、竜はこの方を咥えて運んできたのでしょう？　竜の牙《きば》による傷については、私達三人で確認しましょう」

義母はヘレンに促し、侍女に装飾品を入れるための空の宝石箱をひとつ用意させた。その侍女から装飾品の手入れのときに使うための絹の手袋を受け取り身につけると、丁寧にひとつずつ装飾品を外していく。

「紋章がついているものについては、そのままつけておきましょう。寝ている間に体を痛めそうなイヤリングについては、取ります」

そう宣言して、まず宝石がついていた耳飾りを両耳から外した。首飾り、ベルトと上から順番に外していきながら、丁寧に記録をつけ、箱へと入れていく。腕輪は三種類ついており、一番細いものに関しては紋章がついていたのでそのままにして、横になるのに邪魔になりそうなものだけを外していった。

「……指輪は、すべて外さない方がいいでしょうね」

女性の細い指に、紋章が入った銅製らしい指輪がある。それはあきらかに、出自を示すものなのだろう。メリッサと義母はその紋章を見て、首を傾げた。

「……お義母様。私はさすがにまだ見覚えている紋章は少ないのですが……この紋章は、どちらのお国のものでしょう？」

「私もさすがにすべての国、すべての貴族の紋章を覚えているわけではありませんが、見たことがありません。よほど小国か新興国……もしくは、他大陸の国家の可能性がありますね」

その紋章には、メリッサが見たことのない生きものが描かれていた。長い角の生えた魚が二匹。その中央に、三叉の矛が描かれている。

「これだけ図式が簡単なものということは……国家の基本的な紋章でしょう。個人紋章は、これに何か別の図柄が付け加えたものが使われると考えられます。……旅の途中の王族、といったところでしょうか」

「国家の紋章なら、騎士であるヒューバード様やルイスさんならわかるでしょうか」

義母はメリッサの疑問に、ヒューバードにそっくりな顔を僅《わず》かにしかめ、首を振った。

「竜騎士が知ることができるなら、我が家にも伝わっているはずです。可能性があるとしたら、国の外交に関わる方々でしょう。国に問い合わせれば、答えが得られるはずです……が」

母が、言葉を濁したわけは、メリッサにもわかる。

「図案のような細かいことは、竜を介しての連絡では伝えられないですね」

「ええ。となれば、地上便を使うしかありませんが……それだと時間がかかりすぎるでしょう」

どうしてもというなら、竜騎士を呼ぶしかない。だが、竜が攫ってきた人物の特定のために、という理由は、竜騎士を派遣してもらうには少々弱い。

「彼女の母国がすでに我が国と国交があるなら別なのですが、そうでないなら、それほど緊急の案件とは扱われない可能性もありますね。本人が目覚め、何らかの糸口が得られれば、それが使えるかもしれませんが」

今の状況では、どのような手段をとるにしても本人の目覚めを待つしかないのは間違いない。

「奥様、若奥様。こちらの方のお着替えはいかがしましょう」

「絹の衣装に皺《しわ》がつくかもしれませんが……今は琥珀の小剣の視線から姿を隠すことができません。お目覚めになったあと、ご自身で起き上がれるようだったら着替えていただきましょう」

今も窓の外では、少しでも彼女の姿を見ようとして黒鋼の柵のぎりぎりまで体を寄せて室内を覗き込んでいる琥珀の小剣がいる。隠したらどんなことになるかは容易にわかる状況だ。

「お義母様、あとは私がこちらの方のお世話をします。もしお時間があるようでしたら、この紋章について、調べていただけませんか」

メリッサがそう告げると、義母はすぐさま了承した。

「こちらにある資料で調べてみますが、もしないようならクルースのほうでも調べましょう。クルースのほうが、交易の都合で国外の資料は多くありますから、何か情報があるかもしれません」

「ありがとうございます！　よろしくお願いします」

その言葉に、義母は微笑むと、そのままヘレンを伴い、部屋を出て行った。

メリッサがひとまずヒューバードへと報告するべく窓辺へと向かうと、すでに傍にヒューバードは移動してきていた。先ほど女性を運んでくれたルイスと共に、難しい表情で腕を組み、何か考え事でもしているような表情で目を閉じている。

何ごとかと問いかけたくなる風情の二人に、メリッサは恐る恐る声を掛けた。

「あの、ヒューバード様？」

その声に、ヒューバードの目はゆっくりと開かれた。

「メリッサ。何かあったか？」

「何か、というわけではないのですが、ある程度お衣装や装飾品からわかったことだけ、お伝えしておこうかと思って。ヒューバード様こそ、どうされたんですか？　ルイスさんと揃って、ずいぶん難しい表情をなさってましたけど……」

その問いに、長いため息をついたルイスは、顔を上げると肩をすくめた。

「小剣に、彼女を見つけた状況を聞いていたんだが……どうも、船の上から攫ってきたらしい。船が向いていた方角も、正確な位置もわからない。せめて位置がわかる情報が何かあればと思ったんだがな……」

「時間から割り出そうにも、帰りはあきらかに速度を落として帰ってきていたからな……。距離くらいは絞れるか？」

ヒューバードは、ルイスに問いかけると同時に、白の女王にも聞いているらしい。その視線は、ルイスではなく白の女王に向けられていた。

「全速力で飛んでいたとして、もし行けるところまで行ってしまってたら、今日、あの速度ではここまで帰り着けない。だから、それほど陸から離れてはいなかった……だとしたら……」

ルイスがぶつぶつと計算している横で、ふと何かに気づいたようにヒューバードが黒鋼の柵に寄りかかっていた琥珀の小剣に問いかけた。

「……琥珀の小剣。お前、夜はどうしていた？　一度降りたか？」

グルゥ……グゥギャァウ
琥珀の小剣は、しばらく考えるように首を左右に揺らし、そして胸を張って翼を広げている。どこか自信ありそうにも見えるその表情を見れば、メリッサにも琥珀の小剣の言葉が簡単に推測できる。

「そうか……ずっと飛んでいたか」

「ああ……そうだよな。任務のときは夜も飛ぶからなぁ……このねぐらの竜の中で、一番夜に慣れているのが小剣ってことだよなぁ……ははは……一気に予測範囲が広がったぞ……」

絶望したような表情で遠くを見ながらから笑いを繰り返すルイスに、メリッサは慌てて先ほど衣装から判別したことについて説明した。

「……というわけでして」

「……角の生えた魚が二匹？」

ヒューバードが、自身の記憶を振り返るように首をひねる。ルイスも、目を閉じて唸《うな》りながら首を振った。

「少なくとも、この大陸の国ではないな。角の生えた魚ねぇ……」

ルイスはそう口にして、琥珀の小剣に視線を向けた。同じように白の女王に問いかけるような眼差《まなざ》しを向けていたヒューバードは、ふっと白の女王から視線を外すとぼそりとつぶやいた。

「……どこかで見た気がする？」

ヒューバードの背後では、白の女王も悩ましげに首をひねっている。どうやら今のは、白の女王の言葉だったらしい。

「白、紋章を見たことがあるの？」

グルゥ……

メリッサが問いかければ、目を閉じて首を傾げていた白の女王が、ふっと何かに気づいたように目を大きく開けてヒューバードに視線を向けた。

「……港、船……そうか、白が言うには、先日行われたオスカーの竜騎士就任祝いの宴《うたげ》に来ていた船の中に、それらしい旗を掲げていたものがあったらしい。港の外に停泊していた、かなり大型の船だったそうだ。王都の港には、外洋型の大型船は停《と》められないから、港の外に停泊していたようだ」

「どこの国だ!?　つまり、あの宴にも参加してたってことか!?」

「国交のある国ですか？」

ルイスとメリッサが、同時にヒューバードへと詰めよるが、ヒューバードはそれを抑えつつ、困ったように首を振る。

「二人とも落ち着け。……メリッサ、少なくとも、その国は我が国との国交はない。もしあるなら、他大陸の国家でも私とルイスは最優先で覚えているはずだからだ。それから、その国から誰かが宴にきていたのは間違いはないが、乗っていたのは彼女ではないだろう」

その断言を聞いて不思議そうに目を瞬《まばた》かせるメリッサに、ヒューバードは苦笑した。

「もし、その旗を掲げていたのが彼女が乗っていた船ならば、そのとき海と港を哨戒《しょうかい》していたはずの小剣も気づいたはずだ。そのときに小剣が反応していなかったのだから、彼女は参加者として下船はしていないだろう」

「え、俺《おれ》あのとき港にいたか？」

「報告では、その期間は王都上空と港の哨戒で全騎休みなく出動していた。王都上空にはいなかったから、海と船を哨戒していたんじゃないのか？」

必死で思い出そうとしているルイスの横で、琥珀の小剣は今も夢中でまだ眠っている花嫁に視線を向けている。確かに今、こんな状態になるような花嫁を、そのときに気がついていたのならそのまま竜舎へと攫っていたのではないかとメリッサも思う。

「……白が見たのは、国旗なんですね」

「ああ。宴には各国の王族も多くいたが、国交のない国に王族が直接顔を出したとも思えない。王族が顔を出すのは、すでに国交が結ばれている国だ。だからうちには特使が来ていたのではないかと思う」

メリッサはそれを聞き、気遣わしげに室内の寝台に視線を向けた。

「……あの方のお衣装なのですが、装飾品を含めてかなり高級な品が使われています。身分の高い方であるとは感じたのですが、あの方が使者ということはありませんか」

ヒューバードはそれを聞き、すぐに首を振る。

「あの宴は、騎士の就任祝いだ。主催は王妃陛下だが、実際は軍関係者が大半を占めていて、近隣の国も、基本的に男性の王族、貴族ならば各国の軍務に関わる家柄の人物が招かれていた。……少なくとも、妙齢の女性をひとり送り込むような国はなかったはずだ」

あらゆる想像が打ち崩される。そもそも当の本人が眠った状態では、どんな想像をしていたとしても真実はあきらかになることはない。

「ヒューバード、やっぱり国に問い合わせるのが一番だろ。俺が飛べば……」

「駄目だ」

グギャ！　ギュルアァァ!!

ルイスの言葉は、ヒューバードとそして柵の傍に寄り添っていた琥珀の小剣によって拒否された。琥珀の小剣は、ここからは意地でも動かぬとばかりに大地にしっかりと爪《つめ》を立て、盛大に抗議している。掴めるものなら黒鋼の柵をぎゅっと抱きしめていたんじゃないだろうかと思わせる意思表示っぷりである。

「小剣が動かない限り、お前は身動きもとれないだろうが。大人《おとな》しく休暇を取っていろ」

ギャ！　ギャギャギャ！

そうだ！　とばかりに頷きながら鳴いている琥珀の小剣を指さしながら、ルイスはこの庭で許される限りの声で叫ぶ。

「休暇を取ってろって……小剣！　お前、誰の竜だ！」

グルァ！

自信満々に胸を張って琥珀の小剣が告げたその言葉は、メリッサにも簡単に理解できた。

ルイスの！

そう叫んだに違いない。

とにかく、話し合いは本人が目覚めるのを待つ、という結論に至った。国にはひとまず竜を介する連絡で、琥珀の小剣が女性を連れて帰ったことを知らせておく。

メリッサは引き続き、目覚めるまで彼女の世話をすることになり、ヒューバードとルイスは紫の鱗を分類し、足りない枚数を特定する作業に入った。メリッサの代わりにヒューバードが足まわりの鱗を揃え、ルイスは尻尾《しっぽ》の鱗を揃える。尻尾にも足まわりと同じくらいの大きさの鱗があるため、もしかしたらそちらにも不足があるのかもしれないという懸念からの作業である。

二人は庭での作業を黙々と夜が更けるまで続けた。

メリッサは、眠っている女性の傍で、ときおり様子を見ながら、竜に関する本を持ち込みそれらを読みながら過ごす。

女性がいつ目覚めてもいいように、ときおり席を外し、目覚めに必要な飲み物や簡単な軽食、そして湯の用意。目覚めたら、体調次第で過ごしやすい衣服にも着替えた方がいいだろうと着替え一式を部屋に置いた衣装入れに揃えた。

しかしその日、女性が目覚めることはなかったのだった。


朝になれば、竜達がやってくる。青の竜は、産み親の鱗の傍でずっと寄り添っているため、ここ数日は竜達が庭に飛来する時間も早まっているらしく、日の昇る前には、すでに羽音が聞こえはじめていた。

それに会わせ、メリッサの目覚めも早くなる。夜の間はヘレンに彼女の部屋に控えるのを任せたが、早朝部屋にメリッサが顔を出したときも彼女は目覚めていなかった。

「……朝の便で、クルースのお医者様の派遣をお願いしましょうか」

「かしこまりました。ハリーに申し伝えておきます」

もうしばらくヘレンに部屋を任せ、メリッサはテラスに足を向けた。

窓に一番近い位置には、もちろん琥珀の小剣が場所を確保して、健やかな寝息を立てながら眠っていたが、メリッサが外に出てきたことに気づいた青の竜が、いそいそと近づいてきているのを見て、メリッサのほうが琥珀の小剣がいる位置から少し離れた場所へと移動した。

ギューア、キュルル

「おはよう、青。昨夜はよく眠れた？」

グルルゥ

鼻先を擦り寄せる青の竜を思う存分撫《な》でてやりながら、メリッサはその視線を琥珀の小剣へと向けた。

「琥珀の小剣は、大切な人を守っているから、もうしばらくここにいさせてあげましょうね。青はおやつを食べに行きましょう」

ギャウ！

メリッサが黒鋼の柵に沿って歩けば、青の竜もその柵に沿ってついてくる。いつものようにいつもの場所で、野菜を用意しているはずの侍従の元へと向かったところ、その場所には侍従ではなく、竜騎士の二人が立っていた。

「ヒューバード様、ルイスさん、おはようございます？」

二人が、訓練をしているわけでもなく、いつも侍従達が立っているはずの場所にいるのを見て、メリッサの頭に疑問符が浮かぶ。

二人の傍にはちゃんと野菜も用意され、すぐにでも竜達に配れるようになっているので、メリッサ自身の仕事は変わらないだろうことはわかる。だが、二人がここで何をしているのかはさっぱりわからなかった。

「今日は、野菜を配るのは手早くすませようと思ってな。緑と琥珀は、私とルイスで受け持つ。メリッサは、上位竜と子竜達に野菜を与えたあとは、引き続き客人の傍に控えていてくれ」

それを聞いた瞬間、最も反応が大きかったのは、もちろん青の竜だ。いつもならば、野菜を配り終えたあとはメリッサも自由時間となり、青の竜が甘える時間でもあるからだ。

ええ～と言わんばかりに口をぱかんと開けて、泣きそうな顔で青の竜はヒューバードを見つめていた。

「すまない、青。野菜をやったあとのメリッサの自由時間が、お前にとって大切な時間であることは理解しているが、今日は琥珀の小剣とルイスの一大事なんだ。少しだけ、譲ってやってくれないか」

ギュー……

不満はあるが、それならまあ仕方ない、と言わんばかりの顔で、青の竜はメリッサに甘えるように鼻先を突き出した。

青の竜を撫でながら、メリッサはヒューバードに視線を向けた。その視線だけで、ヒューバードはメリッサが何を聞きたいのかわかったらしい。少しだけ困ったような表情で、琥珀の小剣に視線を向けた。

「客人は、まだ目を覚ましていないだろう？」

「はい。だから今日、一応お医者様をクルースから派遣していただこうと思っていました」

ヒューバードはその対応を聞き、うん、と頷いた。

「医師が来るのは明日《あす》になるだろう。それまで客人を頼む。……せめて今日、目覚めてくれればいいんだがな」

「船に乗っていたなら、その船はもう移動しているだろうし、遅くなればなるほど、元乗っていた船を探すのが難しくなる」

ルイスは困ったように、やはり琥珀の小剣を見つめている。それを見たメリッサは、首を傾げた。

「ルイスさんは、元の場所へ彼女を帰すのをご希望なんですか」

その希望は、今の琥珀の小剣の状態を見ると、かなり難しいように思う。ルイスもそれはわかっているのだろう。ため息をついて、肩をすくめた。

「それ以前に、本人や周囲の合意もなしに攫ってきてんだから、まず謝罪に赴くのが筋だろう？　刻一刻と、その謝罪相手が離れていく状況なんだから、そりゃ焦るよ」

「そうですね。それは大変です……」

「向こうに竜の言葉のわかる相手がいたなら、なんとなくでも理由を察したかもしれないが、それは普通あり得ないしな。攫われたあの人も、よほど怖い思いをしたんだろうし……」

　今も気絶したままなのは、それが理由なのかもしれない。そうつぶやくルイスに、メリッサは頷くしかない。

「……ごめんなさい。お嫁さんが見つかったって、竜と一緒になって喜んでしまいました。そうですよね、急に家族がいなくなったら、心配しますよね」

　素直に謝るメリッサに、ルイスは首を振る。

「ああ……メリッサはいいんだよ。メリッサは竜の味方でいてくれる方がいいんだから。人と竜の意見のすりあわせについては、俺ら竜騎士の仕事だろ？　ヒューバード」

「まあ、そうだな。お前が動けないなら、竜がしたことに関しては辺境伯家の責任だ。私が謝罪に赴くさ。辺境伯家はそのために存在しているんだから」

　二人は何でもないことのようにそう告げてメリッサの頭を撫でた。もう成人して、結婚までしているというのに、竜騎士が揃っていると相変わらず昔のままの扱いである。気恥ずかしい思いはあるが、変わらないことで安堵《あんど》しているのも真実だった。

「……青。青は、やっぱり琥珀の小剣の味方なのよね」

　ギャウ
　うんうん頷く青の竜の言葉を、ヒューバードは苦笑と共に説明してくれた。

「琥珀の小剣が、あれを花嫁と認めた。それならあれは、我々の一族の花嫁である。どのような状況になっても、花嫁の資格があることには変わりない。だそうだ」

「竜騎士は、竜の一族なんですね。だから花嫁も一族。じゃあ、あの方は、もう青の竜が守る対象になっているんですね」

「そういうことだ」

そう話している最中、ねぐらから子竜を背負った竜達と、それに付き添っていた白の女王が姿を見せ、メリッサはいつものように出迎えるために、野菜と一緒に用意されていたエプロンを身に着ける。

白の女王がまず降りてから、子竜を背負った竜達が降りてくる。無事に子竜達が降りてきたことで、すべての竜達はメリッサの元へと集まってきた。

「さて、仕事を始めないとな」

それぞれ、小さな籠《かご》に野菜を入れて竜達の前に立つ。そうして、ヒューバードは竜達に呼びかけはじめた。

ぞろぞろと、竜達がヒューバードの出す音に釣られて動く様子をメリッサは見守る。すぐ横で、今日は一緒にいる時間は少ないと理解した青の竜が、ひたすら甘えているのを撫でて慰めながら、その整列が整うのを待つ。

「メリッサ、先に始めてくれ」

「はい。じゃあ青、今日のおやつよ」

ギュー

にんじんを一本差し出しながら、メリッサは笑顔で今日の務めを始めたのだった。

青の竜、白の女王、そうして紫の竜と続き、子竜三頭におやつをあげて、メリッサはヒューバードに断り、女性の付き添いをするために部屋へと向かった。途中、目覚めたらしい琥珀の小剣が、やはり熱心に部屋の中を見ていたため、メリッサは琥珀の小剣の前で足を止めた。

「小剣、あなたの宝物は私が見ているから、おやつをもらいに行くといいわ」

ギュア

「何かあったら、すぐに知らせてあげるから。行ってらっしゃい」

メリッサがそう声を掛けると、昨日《きのう》から水も野菜も口にしていなかったらしい琥珀の小剣は、ゆっくり起き上がりルイスの元へと歩いて行った。

「青、その場所は、小剣のために空けておいてあげてね」

ギャウ！

青の竜が先ほどまで琥珀の小剣がいた場所を空けて腰を下ろしたのを見て、メリッサは部屋へと入っていった。メリッサの姿を認めると、ヘレンは寝台の傍の椅子から立ち上がり、その場所をメリッサへと明け渡す。

「お変わりはありませんでした」

「夜番をありがとう。ヘレンはまた代わってもらうことになるだろうから休んでいてね」

メリッサがそう告げると、ヘレンは頭を下げて部屋をあとにした。

そのまま、眠っている女性の横で、メリッサは彼女のことを眺めていた。緩やかに上下する胸元を見ていると、気絶しているというよりただ寝ているようにも見える。その表情も穏やかで、突然竜に咥えられて空高く舞い上がるような恐怖体験をしているようには思えない。

ただ、目覚めたときに、見知らぬ場所で見知らぬ人が傍にいる状況は不安になるだろうと、少し心配になる。

しかし、何より目覚めてくれることが一番だと思い直し、辛抱強く待つことに決めた。

寝台の傍でじっと凝視し続けるのも失礼かと、部屋に持ち込んでいた竜の絵本を開き、のんびりと眺めはじめた。

これを持ってきたのは、竜に攫われたこの人に、竜は怖くないのだと説明するのに少しでも役に立つかと思ったからだ。

メリッサもお気に入りのこの本は、屋敷の壁にも描かれている初代辺境伯と前の青の竜の友情物語である。中でも、ただの騎士だった初代辺境伯と青の竜が、顔を寄せ合い絆を結ぶ場面は小さな頃からお気に入りで、飽きることなく眺め続けていられる。今日もまたその場面を眺めていたところでふと何か気配を感じ、メリッサは顔を上げた。

まばゆさすら感じるような金の瞳《ひとみ》が、瞬きを忘れたようにじっと一点を見続けている。ぱっちりと開いた大きな目が、メリッサを……いや、メリッサの手元を凝視していた。

「え……あ……」

今まで、ずっと眠ったままだった女性は、目を開くとその目の大きさに幼さを感じさせた。

横になったまま動く気配を見せない女性に、メリッサは慌てたように問いかけた。

「あ、あの、その……どこか、お体の痛む場所はありますか？　竜が咥えて飛んで来てしまったのですが、そのことは覚えていらっしゃいますか？」

女性は、メリッサが手に持ったままだった絵本を凝視していたが、そう問いかけられてようやく視線をメリッサに向けた。そうしてゆっくりと寝台の上で起き上がり、部屋を見渡した。

その様子を見て、ふとヒューバードの言葉を思い出した。

今まで国交のなかった国。外洋型の大型船でイヴァルトまでやってきた人々。

基本的に、同じ大陸にある国同士なら、外洋型の船など使わない。そんな必要はないからだ。大型船が必要なのは、つまり他大陸からの客人ということになる。

――言葉が通じない可能性があることに、メリッサはここでようやく気づいたのである。

「あ、あの、私の言葉、わかりますか？」

そう問いかけると、女性はしばらくメリッサを見つめ、にこっと微笑んだ。大変かわいらしい笑みなのだが、メリッサはそれで、この女性に言葉が通じていないことを確信した。

微《かす》かにだが、目元に戸惑いがあったのだ。メリッサは、竜の言葉と感情を、主に竜の目元で読む。そのため、人の感情なども目元で読む癖がある。今、目の前の女性は、メリッサの言葉を聞いて、一瞬戸惑いを見せていたのだ。

「……私は、メリッサです」

ひとまず、自分の胸に手を当てて、メリッサは名乗った。

「メリッサ。私はメリッサです」

ひたすらそれを繰り返し、そうして女性に手を向け、問いかけた。

「あなたのお名前は何ですか？」

女性はどうやらとても聡《さと》いようで、それだけでメリッサの意図を理解してくれた。

ぱっと表情を輝かせると、まずメリッサをさして、問いかけるように言葉を口にした。

「××××メリッサ？」

メリッサは、みずからの名前に、ぶんぶん首を縦に振る。

それを見ていた目の前の女性はメリッサの視線を正面から受けながら自分の胸に手を当て、微笑みを浮かべたまま告げた。

「×××、カーヤ」

「カーヤ？」

メリッサが問いかければ、女性は嬉しそうに先ほどのメリッサのように首を縦に振って応えた。そうしてようやく名前を聞くことができたメリッサは、カーヤが先ほどメリッサが手にしていた絵本を見ていることに気がついた。

「カーヤ、どうぞ」

できるだけ簡単な単語を心がけ、メリッサは絵本をカーヤに手渡した。絵本を受け取ったカーヤは、まるでお礼でも言うようにこくこくと頷きを繰り返し、そして嬉しそうに微笑みながら、その絵本を開いた。

カーヤが絵本に見入っている間に、メリッサはそっと立ち上がり窓辺に近寄ると、傍にいた青の竜に、庭にいる竜騎士二人にカーヤが目覚めたことを伝えるようにお願いしたのだった。


カーヤが目覚めたことを知り、真っ先に駆けつけたのは、当然ながら目覚めを待ちわびていた琥珀の小剣だった。ルイスの傍で水を飲んでいた琥珀の小剣は、それをルイスが聞いた瞬間、慌てたように部屋の近くへと駆け寄ってきたのである。

飛ぶときのような勢いで移動する琥珀の小剣を追いかけ、竜騎士二人も窓辺に駆けつけたのだが、二人は窓の外から部屋を眺めるだけに留《とど》まり、中へは入ってこなかった。

「ヒューバード様、ルイスさん、彼女のお名前は、カーヤさんとおっしゃるそうです」

「言葉が通じたのか？」

やはり、二人はカーヤに言葉が通じない可能性に気がついていたのだろう。そう問われたメリッサは、恥ずかしそうに首を振った。

「いいえ。すみません。私には、カーヤさんの言葉はわかりませんでした。ひとまず、名前だけは聞けたんですけど、出身地をどうやって聞けばいいかと思って」

　それを聞いたヒューバードとルイスは、互いに顔を見合わせた。

「……他大陸の言葉を聞いたことは？」

「わからん。言葉が通じない相手と応対したことはいくらかあるが、同じ大陸の相手だったのかもわからないから同じ言葉かどうかも判断はできない。俺らより、白の女王のほうが覚えてるんじゃないか？」

　ルイスの答えに、ヒューバードは納得したように頷いた。

「白、来てくれ。彼女の言葉を聞いたことがないか、教えてくれ」

　少し離れた場所で様子を見ていたらしい白の女王は、ヒューバードの頼みを聞き、今もそわそわとカーヤを見守る琥珀の小剣の横に移動した。

「メリッサ、カーヤ嬢に、何か話しかけてみてくれるか」

「は、はい」

　メリッサは、その難題を与えられ、外のざわめきを感じて視線を窓辺に向けていたカーヤを呼び、手にしている本を指さした。

「……青の竜」

「……？」

「この、青の竜なのですが、今も庭にいるんです」

外を指さし、カーヤに伝える。カーヤの位置からだと、ちょうどカーテンで視線を遮られているためか、覗き込んでいる竜も尻尾のあたりだけしか見えないようだ。

「この場所には竜がたくさんいて……少し、外を見てみませんか？」

メリッサは、そう告げてにこりと笑うと、カーヤが眩《まぶ》しくないように半開き状態にしていたカーテンをゆっくりと開けた。

窓の外で、琥珀の小剣と白の女王が室内に視線を向けている。カーヤは、それを見て、大きく目を見開いた。

「や、やっぱり、怖いでしょうか。あの、ごめんなさい、あそこにいる琥珀が、あなたをここまで連れてきてしまった竜なんです。普段はいい子なんですけど、あなたに会えて嬉しくて、連れてきてしまって！」

「××××！　×××」

カーヤは、絵本を手にしたまま、しっかりと自分の足で立ち上がり寝台を下りた。そうして裸足のままゆっくりと窓辺へ近寄り、にこにこと微笑んだまま竜を眺めていた。

「……カーヤは、竜が怖くないんでしょうか？」

「×××、×××××。メリッサ、×××」

カーヤは窓辺まで近寄ると、メリッサの名前を口にした。メリッサが視線を向けると、カーヤはドレスの裾《すそ》を少しだけ持ち上げ、どこか戸惑ったような視線を向けていた。

「……もしかして靴ですか。しばらくお待ちくださいね」

メリッサは、あの足の裏の保護がほぼできないカーヤが履いていた編み上げのサンダルではなく、自分の靴を寝台の横に用意していた。この辺境では、気軽に女性ものの靴や服は入手できない。他にカーヤに履かせられる靴だと使用人のものしかないからだ。

それをカーヤの前に並べると、カーヤはそのまま少しだけ足を上げ、メリッサに何か言いたげに困惑した視線を向けている。メリッサは、その視線を受け、カーヤの白い小さな足に、メリッサが持ってきた布靴を履かせた。

両足が靴で覆われると、そのままカーヤは少しだけ庭に足を踏み出し、テラスのタイルの上で、琥珀の小剣に向かって優雅に礼をした。

カーヤが、一体何を思いそうしたのか、メリッサにはわからない。もちろん、ヒューバードやルイスにもわからなかったが、カーヤはそれで納得したのか、晴れやかな表情で視線を周囲に向けて、突然息を呑《の》んだ。

その一挙手一投足を見守っている竜騎士二人の前で、カーヤは一点を見つめながら突然跪《ひざまず》き、何やら作法があるのか手を組んで、深々と額が地に着きそうなほどに頭を下げた。

「……拝礼のようなんだが……何に対して拝んでんだ？」

ルイスの疑問に、メリッサは答えた。

「……青ですね」

カーヤの姿勢は、頭が青の竜の方角に向けられてから微動だにしていない。この拝礼は、間違いなく、青の竜に捧げられたものだった。

「……青の竜を崇拝する習慣がある国、か」

ヒューバードの言葉に、ルイスは考え込むように目を伏せ首を傾げた。

「そんな習慣のある国、あったかな」

そうつぶやくルイスの横で、白の女王が何やらヒューバードに伝えたらしい。ヒューバードは、訝《いぶか》しげな眼差しを白の女王へと向けた。

「……似たような匂《にお》いを嗅《か》いだ？」

グルゥ……グルル

「お前が気のせいかもしれないと思うほど、微かに感じたと。……そうか」

「あの、ヒューバード様」

白の女王と言葉を交わしている最中ではあるが、メリッサは先ほど気づいたことを、ひとまずヒューバードへと伝えることにした。

「そういえばカーヤさんについてなのですが、おそらく王侯貴族の方ではないかと思われます」

「……なぜ？」

「なんと言えばいいのか……はじめは衣装から身分の高い方ではないかとお義母様と話していたのですが……目を覚まされて、それが確信できたんです。カーヤさんは、人を使う方です。

それも、ただ裕福なのではなく、生まれながらに常に人から傅《かしず》かれている方です。ですから、王侯貴族の方でも、高位の、長く続いた家の方なんじゃないかと。カーヤさんの生活には、常に侍女が必要です。カーヤさんのお世話をする人員を、クルースから回してもらいます」

王侯貴族の、特に女性は朝起きてから夜寝るまで常に空気のように侍女がついているのが当たり前の生活となる。当然ながら、着替えから洗顔、食事も入浴も、侍女によっておこなわれる。先ほどカーヤは、靴を履かなかったのではなく、履けなかったのだ。カーヤの日常では、靴は必要なときには自然と侍女が差し出してくるものであり、自身で求めて履くものではないのだ。だからメリッサに履かせて欲しいと訴えていたのだと思う。

「今日は、私とヘレンで付き添うことにします」

メリッサの言葉に、ヒューバードは即座に理解を示し、頷いた。

「わかった。メリッサはそのままカーヤ嬢についていてくれ。……今のところ推測だが、おそらく問い合わせる先は判明した」

そのヒューバードの断言に、メリッサと、そしてルイスも目を見張った。

「……国への連絡は、地上と竜の伝言を両方伝えておく。あくまで推測なんだが、そろそろカーヤ嬢が乗っていた船のほうから動きがあるんじゃないかと思う」

「ヒューバード様は、カーヤさんが乗っていた船の行き先がわかったんですか？」

メリッサは、ヒューバードのいつも通りの冷静な表情を見ながら、首を傾げた。

「……ガラールだ。目的地なのか、出発地点なのか、それは船の方角がわからない今は断言できないが、彼女の乗っていた船は、ガラールに関わっていたんじゃないかと思う」

メリッサとルイスは、ヒューバードのその断言に、言葉を失い固まった。

「白が言うには、ガラールの王妃陛下と彼女は、似た匂いがするんだそうだ。双方について、白の女王はすぐ傍で匂いを確認しているから、ほぼ間違いないだろう。ただし本当に微かららしいから、どういう関係かはわからない。接触して匂いがうつったわけではないようだから、血縁なんじゃないかと思う、だそうだ」

「ガラール王妃の血縁、ということは、ええと……」

「ガラール王妃の出身地には、竜の飛来地があり、青の竜には特別な思いがある。そう聞いたのでそのとき一応調べておいたんだが、王妃の出身地は東大陸にあるリュムディナという国だ。確かに竜の飛来地が近くにあり、国には、竜を祀《まつ》る神殿もあるんだそうだ」

「竜を祀る……」

満足そうに青の竜を拝むカーヤの姿は、確かにそのような場所から来たように思える。

しかし、今のヒューバードの見解で、ルイスは顔をしかめて力ない声でつぶやいた。

「ガラール王妃は王族だったはずだ。てことはあのカーヤ嬢もそうってことだろ……小剣」

名を呼ばれた琥珀の小剣は、ただ嬉しそうに庭にいるカーヤの姿を見て、甘えるように喉を鳴らしていた。

第三章　竜の導きは突然に

ヒューバードの推測を受け、国への連絡とイヴァルトの外洋型の船が入港できる各港への連絡を終え、あとはあちらからの連絡を待つことになった。

推測が正しければ、カーヤを攫《さら》われた船は、最も近い港、もしくはガラールに向かい、竜が関わる案件としてイヴァルトへ緊急の連絡を入れてくるだろうと思われたからだ。

カーヤが王族であるなら、この大陸で伝手《つて》を頼り、竜のねぐらがあるイヴァルトと連絡を取ろうとしてくるだろうから、それを待つ。そのほうが、どこに向かおうとしているのかもわからず、常時動いているだろう船と連絡をとる手段として上策と判断したのだ。

イヴァルトとガラールならば国交もあり、移動手段は大陸沿いにもうけられた海路を利用した船が一般的だ。陸路だとまず竜のねぐらのある辺境伯領から隣国キヌートを縦断する経路しかなく、大変時間がかかってしまう。その距離は、竜騎士が全速力で飛んでも王都から四日はかかるほどだ。それ以外の陸路となると、大回りをして山越えとなるため現実的ではない。そのため大陸にある海に面した国の間には海路が設定されているのだ。

イヴァルトとガラールは、幸いにも双方海に面した国であるため、連絡手段は主に海路を使うことになるだろう。

「問題は、ガラールから来るだろう使者を、ここまで連れてくる手段なんだが」

竜騎士二人は、今日《きょう》も紫の鱗《うろこ》を並べながら、世間話のようにカーヤについて話していた。

カーヤがここに来てから、すでに四日が経《た》っている。到着当日は意識がなかったため、目覚めてからは三日経過したことになる。

目覚めたその翌日から、彼女には専属の侍女がつけられたが、基本的にメリッサと一緒に過ごしている。

外から見ていると、メリッサと共に絵本を見たり、窓から竜の様子を見たりして、かなり寛《くつろ》いでいるように見える。竜に攫われてきたにしては、恐怖もなく、帰りたいと思わせるようなそぶりもない。

この場所は毎日大量の竜が舞い降りる場所であり、普通恐ろしい思いをして攫われてきたのなら、もっと恐怖を覚えていそうだと思うのだが、カーヤは竜を恐れるどころか、いつも嬉《うれ》しそうに竜と交流しているように見える。もちろん、そのすぐ傍《そば》にはメリッサがおり、ある程度メリッサがその距離を測っているようだが、それでもにこにこ笑顔で琥珀《こはく》の小剣の挨拶《あいさつ》を受ける様子は、竜騎士二人をして、どういうことか意味がわからない。

「せめて通訳は連れてきた方がいいよな。……陸路だと一週間か？」

「言葉も通じない場所でそんなに時間がかかるようでは不便だろうと普通なら言うところなん

だが。侍女さえつけておけば、何の問題もなく過ごしているな。国から連れてきている侍女がいるだろうが、侍女を数人まとめてとなるとさすがに竜では運べないし、侍女については陸路を使うしかないだろうな。通訳か……姫の一行に、通訳がいればいいんだが」

衣服に関しては、クルースから運ばせたため、なんとかなった。古着などではなく、メリッサ用の普段着をクルースの仕立屋で仕立てていたのを、少しサイズ直しをして流用したのだ。

幸い、メリッサとカーヤは身長も同じぐらいで、それほど直す必要もない。しかもメリッサは元々貴族ではないため、苦しいほどに締め付けたりするような服は作っていなかった。そのためカーヤは、違和感なくその衣服を身に着けていられるようだった。

カーヤの焦げ茶の長い髪は、一本の三つ編みにして、首をぐるりと取り巻いている。それがカーヤが普段している髪型らしく、メリッサはカーヤから指示を受けながらその髪型を整えた。今、カーヤとメリッサは、身振り手振りだけではなく絵を描くことで意思疎通を図っていて、日常生活などについてもそれで説明を受けている。メリッサは毎日それをヒューバードにも報告していた。

カーヤは絵を描くことが得意らしく、楽しそうに毎日メリッサに絵を描いてみせてくれるそうだ。だが、やはりそれでも出身国についてはメリッサもどうやって質問すればいいのかわからないらしく、その点の解決には至っていない。

「……船でガラールに向かうなら、今の季節は向かい風だろ。近海だと潮の流れもあるから行きで三日、帰りは追い風で短縮して二日くらいか」

「攫った位置によっては、行きも帰りも二日という可能性もある。そろそろ、何かしらの連絡が来ると思うんだがな」

ヒューバードはそう口にしながら、ひたすら小さな鱗を見比べて並べていく。

そうして最後の一枚を並べ終えたとき、その手をぴたりと止めた。

「……メリッサが言っていた通りだったな。間違いなく指が足りない。しかもこれは……親指だけじゃない、親指を含め、指を五本ほど、すべて根元から持っていっている」

ヒューバードの前で、綺麗《きれい》に放射状に足の指が並べられているが、確かにすべての鱗を並び終えているのに、指に当たる鱗が足りておらず、指がない足ができている。

それを見たヒューバードとルイス双方の顔からは、表情が消えた。

「指か……これだけまるっと指だけがないってことは、遺骸《いがい》を運ぶより先に、指を落として別に持っていったってことなのか」

「足の指くらいなら、確かに荷物として持っていてもそれほど負担ではないだろう。指の長さや位置を考えて、一本の脚から取っていったと見るべきだろうな」

「その場合、鱗、爪《つめ》、骨が盗《と》られてるってことか……っくそ！」

その瞬間、ルイスはみずからの拳《こぶし》を大地に打ちつけた。

琥珀とはいえ、竜騎士は竜騎士だ。その力は当然、普通の騎士よりも強い。普通なら、大地に拳を打ちつけたところで、怪我《けが》など負うはずもない。しかしこの場所は、常に竜達の重みを支え、踏み固められた大地だ。ヒューバードは、ルイスの手にみずからの手を重ね、それ以上その拳が大地に振るわれるのを静かに止めた。

「拳を傷つけるな。ただでさえ、お前は反対側の手を捻挫《ねんざ》したばかりだろう。もうひとつの拳をここで潰《つぶ》してどうする」

「だがっ……ヒューバード、やっぱり俺《おれ》が飛んで……」

「駄目だ」

瞬時に止められたルイスは、びくりと肩を震わせ、唇をかみしめた。

「お前が今、解決しなければならないのは、カーヤ嬢のことだ。それが解決できない限り、お前と琥珀の小剣はここから離れるな」

誰《だれ》に言われずとも、ルイスはそれをわかっていた。だからこそ、琥珀の小剣を今も好きにさせているのだ。今、琥珀の小剣を飛ばしたところで、カーヤのことが解決できない限り、琥珀の小剣はそちらが気になって集中力が落ちている。そんなときに、竜騎士を背中に乗せて、全速力で飛ばしたところで、ちゃんと騎士の思う通りに飛んでくれるとは限らない。

今まで、緊急事態には誰よりも先に動く必要に駆られたルイスには、この待つだけの時間は苦痛なのだろう。その表情には、今まで見られなかった苦悩が表れていた。

「……なあ、ルイス」

ヒューバードの何気ない言葉に、今までうつむいていたルイスが顔を上げた。

「お前、本当に、カーヤ嬢を帰せるか？」

そのたったひとつの問いかけに、ルイスの顔から表情が消えた。

「一応、十年ほど前に同じ気持ちを味わった者として言っておくが……竜に心のうちを隠すことなんかできない。竜は気持ちの裏の裏まで読んでいるからな。感情も心のうちも、お前の動揺まで、琥珀の小剣は知っている」

「……わかってる」

先ほどよりもずっと苦しげな表情でルイスがそう告げると、ヒューバードは肩をすくめてから立ち上がった。

「まあいい。鱗の足りない部位は判明した。これでおよその枚数も報告できる。あとは王都にいる竜騎士達に任せよう。……カーヤ嬢が無事に望みの場所へ帰るまで、彼女の護衛がお前の最優先任務だ。それはお前にしかできない」

「……わかった」

力なく座り込むルイスの肩を叩《たた》き、ヒューバードは兵舎へと足を向けた。ひとまず鱗の不足分が判明したことを文章にし、国に届けるためだ。

しかし、足を一歩踏み出したところで、ヒューバードはそのまま静止した。

「……どうした、ヒューバード」

「……紫の盾からの連絡だ。カーヤ嬢の素性が判明した」

ルイスは息を呑《の》み、先ほどまでの力ない様子が幻かと思うほど勢い良く立ち上がった。


メリッサはその日、カーヤの部屋で刺繍《ししゅう》をしていた。

カーヤが前日、テーブルクロスの刺繍を見て、自分も刺したいと希望したためだ。

辺境伯家の在庫の糸と布を出し、布の大きさも本人の希望の大きさを切り取る方法で、カーヤは刺繍している。

メリッサも同じ部屋で、こちらは久しぶりに客用の枕カバーに刺繍を入れていた。

元々、布製品の刺繍を行うのもメリッサの仕事だったのだが、結婚してからは備品の刺繍には手を出していなかった。

今おこなっているのは、黄色い糸を利用した刺繍で、これはもちろん琥珀の竜のためのものだ。

カーヤは、メリッサが見たことのない、黄色くて大きな花を刺繍していた。花びら一枚一枚に、緋色《ひいろ》で華やかにグラデーションが入っている。

「すごく綺麗。琥珀の小剣の翼膜と、同じ色合いですね」

言葉は通じなくても、メリッサが花を褒めたのは理解できるようで、カーヤははにかみながら微笑《ほほえ》んだ。

カーヤが目覚めて三日経過し、メリッサはカーヤから、祖国についての話も少しずつ聞くことができていた。ただしその手段は身振り手振りとカーヤが描いてくれた絵による伝達のため、その内容は大まかな部分のみだ。それでも、無知からは貴重な一歩だろう。

カーヤの国は、船がたくさん停泊できる港があるらしい。さらっと描いてくれた風景には、メリッサが見たことのない木が描かれ、建物の形もイヴァルトでよく見る屋根がある形式ではなく、四角がいくつも重なったような、そんな建物がたくさんあるようだった。

幸い数字はイヴァルトと同じらしく、年齢はメリッサのひとつ下らしいことも判明した。

現在十六で、何やらとても大切なものをどこかに届ける役目を果たしている最中に、竜に出会ってここに来た、というようなことを、絵を描いて説明してくれた。

説明が絵なので、もちろん固有の名前などはわからない。だが、国の名前がリュムディナであることは間違いないようだった。

言葉はわからないが、竜を怖がらず、竜を騒がせることもしないカーヤは、辺境伯家にとってとても理想的な客人だった。普通、この家に来る客人には、まず竜を騒がせないことを理解してもらわなければならないが、カーヤははじめからにこにこ笑って竜に相対するだけで、悲鳴など上げることもなく、慌ただしく動き回るわけでもない。

一応、目覚めた翌日から一日一回は気晴らしのためにとメリッサが庭へと連れ出すのだが、琥珀の小剣に対してとても友好的に振るまっている。琥珀の小剣が甘えたように鳴くと、メリッサと一緒に軽く手を振って応える余裕まであるのだ。琥珀の小剣の傍に連れて行っても怯《おび》えることなく、鳴いているのを聞いて微笑んでいるカーヤは、メリッサ以外から見ても、竜に対してまったく警戒していないと判定された。

もちろん、カーヤが琥珀の小剣の傍に来たときは、ルイスも庭での作業を中断して護衛がわりに傍にいるが、そのルイスが驚きに目を見張るほど、カーヤは自然に振るまっている。

侍女長のヘレンも、安心してメリッサとカーヤを他の侍女達に任せて自身の仕事へと向かうほど、問題行動は見られない。今日も、二人で刺繍をして過ごすと伝えたら、山ほどの刺繍糸と布を用意してそうそうに部屋を立ち去っている。

メリッサは枕《まくら》カバーに、この部屋のカーテンなどと同じミモザを刺繍している。それを見て、カーヤは指をさしながら微笑んだ。

「ミモザ？」

どうやら、このミモザについては名前が同じらしい。メリッサは針を置き、頷《うなず》きながらカーヤからよく見えるように手にしていた布を差し出した。

「×××、ミモザ××、琥珀の小剣」

「ええ、色が同じでしょう？」

琥珀の小剣、という名前は、カーヤに説明したらちゃんと覚えてもらえた。どうやら、名前だとわかればすぐに覚えるらしく、白の女王についてもすでに覚えてくれている。

ただ、青の竜については国での言葉があるらしく、直接名前を呼ぶのは失礼に当たるから、というような説明をされたので、毎日拝礼しているカーヤにそれ以上何も言わず、そのままあちらの言葉を青の竜が受け入れた。

言葉がわからないことで多少もどかしい思いはするのだが、カーヤと過ごすのはまったく苦にはならない。いつも穏やかに微笑み、おおらかなカーヤは、その美しい所作も相まって、これぞ姫であるとメリッサに言葉よりもわかりやすく教えてくれた。緊急事態ではあるが、メリッサとしてはカーヤに礼儀作法を学ぶくらいの気持ちで一緒に過ごしていたのだ。

しかし、真実の緊急事態は、まだこれからの話だったのである。

窓の外にヒューバードが姿を現し、メリッサは呼び出された。そしてたった今、王都の紫の盾と竜騎士隊長クライヴから連絡があり、カーヤが真実リュムディナの王族であると証明されたと知らされた。

「琥珀の小剣が襲った船は、ガラールの王妃陛下への特使を乗せた船で、その特使がリュムディナの王弟殿下の一の姫とのことだ。一の姫が竜に攫われたとガラール王家に知らされ、ガラールからイヴァルトへ使者が訪ねてきたそうだ」

「王弟殿下の一の姫……」

メリッサの視線が、自然と屋内で刺繍をしているカーヤに向けられた。カーヤは、何ごとがあったのか、言葉では察することができなくても、状況の変化を感じ取ったのか、メリッサを見ながら首を傾《かし》げていた。

「……あの、それじゃあ、どなたかがここまでお迎えにいらっしゃるんですか？」

「ああ。だが先んじて姫にも事情を説明し、この場所の特性を理解してもらう必要がある。だから先に、通訳と護衛を竜騎士でこちらに送ってもらう。それと同時に、姫を護送するための馬車を、護衛の部隊と共に陸路でよこしてくれるのだそうだ」

つまり、どんなに急いで帰したくても、この辺境では無理がある。国の結論としてもそうなったのだと理解した。

「……確かに、侍女は女性ですから、竜騎士では運べませんね」

竜騎士が運んでくるという通訳も護衛も、おそらく男性なのだろう。引き続き、世話をする侍女については辺境伯家から出す必要があるようだ。

「運んでもいいんだが、空に上がって悲鳴、羽ばたいて悲鳴では、竜の気が逸《そ》れて危険だからな。ひょっとしたら、カーヤ姫なら運べるかもしれないが……それはそれで問題になる」

竜騎士は男性しかいない。ルイスと琥珀の小剣なら不安もなくほぼ確実に運べるのだろうが、未婚の姫が異国の騎士と二人きりで空を移動して行く姿は、おそらく姫の同国の人々には衝撃的な光景だろうし、そもそも姫と呼ばれる人が、男性と二人きりになる選択をするはずもない。

「通訳が来た時点で、カーヤ姫はクルースに移動させようと思う。ここまで護衛部隊を移動させると、竜達が騒ぎを起こしかねない。移動するときにはルイスと琥珀の小剣も一緒に行くことを許可すれば、小剣も納得するだろう」

「でも、それでは、小剣を騙《だま》すようなことになりませんか……？」

今、あれだけべったりとくっついて過ごしている琥珀の小剣は、すでにカーヤをルイスの花嫁として扱っている。たとえ琥珀の小剣に、護衛として一緒に行くことを許しても、カーヤが国に帰るときはどうするのかということになる。まさかルイスも一緒にカーヤの国に行くことになるとは思えないし、たとえ行ったあとでも、結局説得して琥珀の小剣を連れ帰らなければ変わらないなら、それは問題の先延ばしでしかない。カーヤから琥珀の小剣を離すのは難しいように思うが、その対策をメリッサは今も思いつかないでいる。

「貴族でも難しいとは思っていたが、王族だからな……。交渉するなら国と国ということになる。さらに王族であの年齢ならすでに婚約者がいることもあり得るから、なんともな……」

そう言われてしまうと、納得するしかない。貴族の令嬢は、基本的に成人すれば、跡取りをもうけるためにもできるだけ急いで結婚してしまうと聞いている。特に王族の姫ならば、生まれたときから相手が決まっているなどよく聞く話だ。

それこそ、カーヤの叔母にあたるガラール王国の王妃陛下は、生まれたときからガラールに嫁ぐことが決まっていたと、他でもない王妃陛下本人から話を聞いた。

それならカーヤにも、婚約者がいる可能性は高いのではないか。そうなれば、いくら竜騎士でも、そこに割り込むことなどできるはずもない。

「本人から話を聞いて、それについては考えよう。我々は今のところ、カーヤ姫に関する情報が不足している。説明もできないため、姫本人の意見もうかがえない状態だ。ここであれこれ考えていても、仕方がない」

「そうですね。……小剣が、悲しい思いをしなければいいんですけど」

普段、休日でもじっとせずに空を飛び回っている琥珀の小剣が、ただひたすらカーヤのいる部屋の外で大人《おとな》しくその姿を眺め続ける様子は、それだけ竜が一途《いちず》な証《あかし》でもあるのだろう。

だからこそ、結婚できないとなったとき、どうなるのかも予測できない。

「そうだ、メリッサ。紫の鱗なんだが……メリッサが言っていた通り、指の鱗が足りていなかった」

メリッサはそれを聞いて、ただ項垂《うなだ》れるしかできなかった。

「だが、そもそも指自体が奪われていたのかもしれないと、ルイスとも話していた。できあがった足を見てわかったことだが、脚一本分の指すべてが奪われている。鱗になったあと分けたわけではなく、まだ体が残っていたときに、指を切り落として奪われたんじゃないかと思う」

「そんな……」

衝撃に声も出ないメリッサに、ヒューバードは困ったようにメリッサの頬《ほお》に手を当て、メリッサの顔はヒューバードに向けられた。

「ほぼ全身組み上がったが、なくなったのはその指の部分だけだとわかったんだ。おかげで、あるかどうかわからない鱗を探すよりは楽になった。目標が定まったなら、あとは竜騎士が動けばいいだけだ。メリッサのおかげだな。ありがとう」

メリッサは、自分が泣いていたことにも気づいていなかった。慌てて目元を拭《ぬぐ》うと、ヒューバードがそれを止め、口づけて涙を舐《な》め取った。

「ヒューバード様!?」

「泣くなと言っても泣いてしまうのは、仕方ないか……。だが、あまり重く考える必要はない。それで、明日だと客人が到着するかもしれないから、今からあの紫の鱗を青のねぐらに帰してやろうと思う。少しだけ、あの鱗を集めるのを手伝ってもらえないか?」

それを聞いて、メリッサは少しだけ笑みを浮かべ、頷いた。

「カーヤさんに……いえ、もう、カーヤさんはおかしいですね。カーヤ様に、席を外すことを伝えてきます」

「ああ、先に庭に行ってる」

ヒューバードはそう言うと、ほんの少し名残惜しげにメリッサの頬を撫《な》で、身を翻《ひるがえ》していった。

カーヤに、身振り手振りで庭での作業があるから手伝いに行くことを伝え、メリッサはヒューバードとルイスが作業をしている場所へと移動した。

途中からメリッサはほぼ参加していなかったが、全身の鱗がすべて並べられている状態を見て、メリッサは膝《ひざ》をつき、手を組んでその安らかな眠りを祈る。

紫の明星と呼ばれたその竜は、メリッサの想像以上に綺麗な竜だった。背中の部分には、いろいろな色の点が星のように入っていたが、足元に行くにつれて、白い星だけになっていく。所々大きな白い部分が入っているのは、まるで空にかかる薄い雲のように見え、その全身が、日が落ちて間がない夜空を凝縮しているように見えた。

紫の鱗は、雷の紫。ずっとそう聞いていたが、こうして見ていると、紫も空の色だとそう思える。なるほど、この竜が、次の空である青を生んだのだと、心の底から納得できる。

祈るメリッサのうしろに青の竜が擦り寄り、クルルクルルと喉《のど》を鳴らしている。メリッサはそんな青の竜の首元に抱きつき、そっと撫でた。

「今から、紫をあなたのねぐらに連れて行ってくれるそうよ」

ギュー。グルル
嬉しそうに喉を鳴らしながらメリッサの傍に腰を下ろした青の竜の前で、何枚も縫い合わせて一枚にした大きな皮が広げられ、その上に丁寧に鱗を移動していく。

「せっかく揃《そろ》っているのを崩すのは、少しもったいない気もしますね」

メリッサの思わず零《こぼ》れたつぶやきを耳にして、ヒューバードは何かを思い出したように、青の竜に問いかけた。

「青、この鱗なんだが、指がなくなっている脚は、うちで預かってもいいだろうか。指がすべて揃ったときに、あらためて返すから」

ギュア、グルゥ
青の竜が頷き、それを認めたため、指の足りない脚の鱗はこの場に残し、それ以外をすべて集めることとなった。

「この鱗は、どこかに飾るのか、青」

そう問いかけられ、青の竜はまるで子供が宝物の隠し場所を聞かれたときのように、ぎゅっと口を閉じたまま、首を傾げた。

「別に、教えろとは言わないさ。置く場所が決まっているようだったらそこに移動させた方がいいか、聞こうと思っただけなんだ」

グギャ、フギュー
「……ん？　この皮に包まれたまま、置いておけばいいのか？」

こくこく頷く青の竜に、ヒューバードはあっさりと頷いた。

「わかった。お前の寝屋の前に、そのまま置いて帰る。あとは隠すなり飾るなり、好きにしてくれればいい」

それを聞き、青の竜は安心したように表情を明るくして、竜騎士二人とメリッサの行動を見守る態勢に入った。

「じゃあ、青の寝屋に届けられるように、しっかり梱包《こんぽう》するか」

「はい」

「了解！」

そうして三人は、竜の形に綺麗に並んだ鱗を、一枚一枚、拾い集める作業に戻った。

メリッサは、数の多い脚の鱗を集め、竜騎士の二人は大きな鱗を集めて回った。

小さな鱗は数が多いため、集めるのは大変だが、それでも一枚一枚大切に拾い集めていく。

そうやってしばらく作業していたところ、メリッサはふとどこかで自分の名前が呼ばれたような気がして顔を上げた。

「……カーヤ様？」

いつの間に庭に出てきていたのか、カーヤが琥珀の小剣の前でメリッサの名を呼んでいた。

メリッサはヒューバードに断り、カーヤの傍へと向かったが、カーヤの視線は皮の上に集められた紫の鱗に向かっているようだった。

どことなく顔色が悪いような、今までにないカーヤの様子を不思議に思いながら、カーヤの身振り手振りを見ていたが、どうやら紫の鱗に興味があるらしい。近くに行きたい、もしくは近くで見たい、と言っているようだ。メリッサは再び先ほど作業していた場所に戻り、青の竜に断ると紫の鱗を一枚だけ手にとり、再びカーヤの元へと向かった。

「カーヤ様、これが紫の鱗です。ただ、お手は触れないでくださいね」

カーヤが竜騎士の花嫁なら、不意に鱗に触れたとしても怒りを買うことはないだろうが、用心にこしたことはない。

メリッサが手にした紫の鱗をよく見えるように差し出せば、カーヤは口元を両手で塞《ふさ》ぎながら息を呑み、そのまま固まってしまった。

「カーヤ様？　大丈夫ですか？　……お顔の色がすぐれないようです。もうお部屋にお戻りになったほうがいいのでは？」

メリッサは、慌てて傍に控えている侍女を呼び、カーヤを部屋へと戻すようにと指示を出す。

カーヤはそれに素直に従ったが、何か言いたそうにしている様子は今までのおっとりとした様子とは違い、何か焦燥に駆られたような様子にも見えた。

「……通訳の方がいらしたら、理由も聞けるかしら」

たった今起こったカーヤの変化を心にとめながら、メリッサは再び紫の鱗を集めるために戻り、作業を再開させたのだった。

「カーヤ様は、本日お夕食は召し上がりませんでした。拒否の意思を示され、そのままお休みになりました」

食後に侍女からの報告を受け、メリッサとヒューバードは互いの顔を見合わせた。

「今まで、こういうことはなかったはずだな」

「はい。今までお出ししたものは、すべて問題なく口にされていました。料理や食材に対してのご不満も、露《あら》わにされたことはございません」

ヒューバードはそれを侍女から聞き、しばらく考え込むと、メリッサに問いかけた。

「昼、紫の鱗を見てから、様子がおかしくなったんだな？」

「はい」

それまではにこにこ笑っていたカーヤが、紫の鱗を見た途端、怯えたように部屋に籠《こ》もるようになったのだ。

「竜に怯えているわけではありません。むしろ今までより、青にお祈りしている時間は増えているんです」

窓辺に座り、絨毯《じゅうたん》に直接膝をつき一心不乱に祈りを捧げている様子は、どこか追い詰められているようにも見えて、メリッサも不安を覚えるほどだ。

「……紫の鱗が、何か関係しているのか？」

「それもわかりません。……カーヤ様の国は竜の飛来地が近いとのことですから、この国と同じように鱗の流通があるのかもしれません。何か鱗について、言い伝えでもあるのかとも思いましたが……」

「そのあたりを知るには、カーヤ姫との会話が必要か。さすがに、身振り手振りでは、そのあたりを知るには限界がある」

「そうですね」

メリッサが項垂れると、ヒューバードは目を閉じ、口を引き結んだ。それはいつも、遠い場所にいる竜の話を聞いているときに見せる姿だ。ヒューバードはどうやら、どこかにいる竜騎士と、竜を介して会話をしているのだろう。

「……今、クライヴが通訳と護衛を乗せて来ている。中間地点の村で現在休息を取っているらしい」

「二人を竜騎士ひとりで運んできているんですか？」

紫の盾は大型の飛竜だ。そのため、確かに背中に余裕はあるが、成人男性三人を乗せるとなれば、竜にはかなりの負担になる。それなのにそれを選択したことに疑問に思っていたメリッサに、ヒューバードは僅《わず》かに疲れたようなため息をつき、なるほどとつぶやいた。

「通訳というのが、カーヤ姫が乗っていた船の船主だそうでな。姫は竜に攫われたのに、その竜に乗れというのかと相当騒いだらしい。竜騎士を護衛にと言っても信頼できないと言い張り、最終的に二人乗せられる紫の盾で、時間をかけてくることになったんだそうだ。元々は竜二頭で運ぶ予定だと聞いていたんだが……」

メリッサが目を瞬いているのを見たヒューバードは、ゆるやかに首を振り、座っていた椅子《いす》の背もたれに、力を抜いて体を預けた。

「船主は商人で、こちらの言葉にも堪能なのだそうだ。通訳は他にもいたらしいが、一番身分が高い自分がまず姫の無事を確認に行くと言い張ったらしい」

「それは、なんというか……ご自身の船で姫が攫われたので、その責任者としていらっしゃるんでしょうか」

「それはそうだろうな。残りは他《ほか》の竜騎士を使わず陸路で一週間かけてくるそうだ。そして大人数で来るならば、カーヤ姫はこちらに置いておくよりも、王都に近いクルースに送っておくほうがいい。何せその大人数のうち、竜に慣れている者が何人いるのかもわからない状態だ。だからこちらに向かっている通訳に、その説明を姫にして欲しいんだが」

　王都から辺境まで、一般的にも入手ができる地図では、いくつか河川が省略されており、意外と近く見える。実際竜の翼ならば一日で到着できる距離なのだが、途中の河川が問題で、川幅が広く船を使わないと渡れない場所も多い。そういった場所では、少し離れていても船着き場まで行き、渡るための船を待つ時間も必要となる。イヴァルトの商人達は、輸送時間が少しでも短くなるように自分達専用の船を持っているし、専用の港もあるので普通の旅客用の馬車や船より所要時間は短いと聞いている。竜達の野菜を発注するときは、もちろんその時間も計算に入れ、竜達の口に届くまでの日数を考えて野菜の種類や買い付ける量を決めている。

　しかし今回、商人はリュムディナの所属でこちらの大陸での伝手がガラール王家しかなかったことで、普通の旅客用の旅程で来ることになったのだろう。

「陸路での旅は大変ですから、その説明ができる方も必要ですよね。旅の間のお世話ができる方も必要ですから……でも、その方達の到着が一週間後だと……折り返しすぐに王都に向けて旅立つことはないでしょうから、その方達の宿泊の用意もしておかなければ……」

メリッサが、庭に視線を向けてそうつぶやくと、ヒューバードも頷いた。

「そうだな、大人数を迎える仕度はクルースの方がいいだろう。……母上に仕度を頼む」

「え、いえ、私が……最近は、青の領域が広がったから、クルースに向かっても大丈夫になりましたし、賓客ならば私が出るべきかと」

メリッサが慌ててそう口にしたが、ヒューバードはそれに首を振って答えた。

「確かに、クルースでただ客人を迎えるだけなら、メリッサが向かうべきだが……メリッサは、いざというとき竜達を抑えるために、ここにいてほしい。ルイスも最後まで努力はするだろうが、今の琥珀の小剣を説得することは難しい。琥珀の説得はできなくても、青ならそんな琥珀も抑えることができるだろうから、いざというときはそれを頼む」

そう言われてしまうと、メリッサも我を通すことは難しい。素直に頷き、メリッサはコーダに待機することになったのだった。

　翌日、まだ夜も明けきらぬうちに、義母は迎えの一行を出迎える仕度のために馬車でクルースへと向かうことになった。それを見送るためにヒューバードと共に辺境伯邸の馬車乗り場で義母と向かい合う。

「では、よろしくお願いします」

「ええ、任せてちょうだい。私にとっては、あちらでいつも行っていた仕事ですもの。……メリッサ、あちらで何か用意した方がよいものはありますか。カーヤ姫のお部屋も整えておくつもりですが、部屋のリネン類を琥珀の色で揃える以外、何か必要かしら？」

　義母は、最近カーヤの傍にずっとついていたメリッサに、確認するようにそう問いかけた。

「それでしたら、あの、可能ならで構いませんから、竜に関する本をカーヤ姫に贈りものとして用意できないでしょうか」

「本ですか？」

　義母は、疑問も露わな表情で、僅かに首を傾げた。

「こちらのお部屋にも本を用意していたのですが、初代辺境伯と青の竜の友情が描かれた絵本をよく手にしていらしたんです。他にも絵本は用意していましたが、あの絵本が一番お気に召していらしたようなので、贈りたいんです」

　それを聞いて、義母はふっと微笑んだ。その笑みは、いつもヒューバードが見せる笑みとうり二つで、その血の繋《つな》がりを強く感じさせる笑みだった。

「そうね、それなら、絵本はお部屋にご用意しておきましょう。他にも何か、我が国で書かれた、竜に関する本を見繕います。それと、リュムディナ国についても調べてみましょう。うまくいけば、言語を学べるかもしれませんから」

メリッサの疑問も露わな表情を見て、義母はメリッサの内心を悟ったらしい。少しだけ苦笑して、メリッサに告げた。

「国がわかれば情報も集められます。あちらの言語の本や商人、学者など、伝手を頼れば言葉を学ぶこともできますよ。あちらには竜の飛来地があるのでしょう。それならおそらく、青の竜はそちらにも行くことになるのではありませんか？」

「そう、なるのでしょうか」

「青の竜の言葉が理解できた者は、初代以降誰もいませんでした。ですが今なら、ヒューバードが直接青の竜に問いかけることもできるでしょう。どうなるにせよ、言語を学んでおいて損はありませんし、もしかしたら竜達も学ぶかもしれませんから」

義母の言葉に、メリッサは驚きを隠せなかった。

竜が人から情報を集めることについてはわかっていたが、今の今まで、竜が学ぶことについて考えてもなかったことに気づいたのだ。

人から情報を得るということは、つまり竜が人のことを学んでいるのだとも言える。人が学べば、同じことを竜も知ることができるのならば、竜達に直接、学ぶ機会を与えることもできるかもしれない。

「青の竜に教えるなら、ヒューバードかメリッサのどちらかが学ぶ必要があるでしょう。たとえリュムディナの言語を理解できる方を見つけたとしても、さすがに、いきなり竜の教師になってくれと申し入れて、受けていただけるとは思えませんし」

義母はそう言うと、執事のハリーに促されてクルースへと旅立った。

それを見送ったメリッサは、隣に立つヒューバードに向き直ると、真剣な表情で今義母から聞いた件について、問いかけた。

「……ヒューバード様。竜達が言語を学ぶことはできるんでしょうか？」

「さすがに文字を覚えるのは難しいかもしれないが、聞き取りは確実にできるようになるだろう。意図的に竜達に知識を学ばせることについては、今まで議論もなかったのでわからないんだが……上位竜なら、可能かもしれない」

ヒューバードの真剣な表情に、メリッサは思わず頷いていた。

「竜達は好奇心も旺盛だ。興味さえあるなら、学習についても同じだろう。そもそも、竜騎士の騎竜は、騎士がもつ知識はほぼすべて取り込んでいるし騎士が学んだことも一通り覚えてはいる。ただまあ、興味がわかなければ、そのまま忘れてしまうんだが……。青の場合、自分以外の竜達が取り込んだ知識も、自らのものとして吸収していると聞いている」

「あの、じゃあ、誰か竜騎士で、リュムディナの言葉を知っている人はいないんでしょうか。

もしかしたら、青がわかるかもしれないんですよね？」

ヒューバードは、それを聞いて首をひねった。

「……リュムディナは、今まで国交もなければ竜達からも話が出たことがない国だ。さすがにその言語を知っているかなど、確認したこともない」

メリッサは、それならばとヒューバードの手をとり、庭を目指した。

「青に聞いてみましょう。私、青に、カーヤ姫の言葉がわかるかどうか、そういえば聞いていませんでした。そうですよね、今まで過去の竜が、リュムディナの言葉を聞いていれば、青は知っている可能性があるんですよね」

「あ、ああ」

「もし、青が言葉を理解しているなら、こちらの言葉を伝えることはできないですけど、聞き取りだけならヒューバード様でもできるじゃないですか。それに、竜騎士は逆に竜から言葉を学べるのではありませんか？」

メリッサの言葉に、ヒューバードは僅かに目を見開き、その驚きを表した。

「なるほど、そうか。竜達が人の情報を覚えているのなら、それを逆に竜騎士が学ぶこともできるかもしれないと。確かにそうかもしれないな」

そうして二人は、青の竜の飛来を待つために、手を繋いで竜の庭へと向かったのだった。

昨日《きのう》、紫の鱗を届けたため、青の竜はその鱗と共に竜のねぐらへと帰っていた。その代わりに庭には白の女王が眠っており、一部残っている紫の鱗を守護しているようだった。

まだ夜は明けていないが、ヒューバードが庭に出たために白の女王も起き上がり、柵《さく》の傍にゆっくりと歩み寄ってきている。

「白、おはよう」

ヒューバードがそう声を掛けると、白の女王は嬉しそうにヒューバードの頬に口づけるように舌を出した。

そうしてそのまま、メリッサの頬も挨拶として舐める。

「おはよう、白。野菜は青がくるまで待ってね」

グルル

わかっていると言わんばかりにやさしい眼差《まなざ》しをメリッサに向けると、白の女王はそのままその場に腰を下ろし、再び丸くなった。

「もう青は目覚めているから、すぐに来るそうだ」

「あ、そうなんですね」

その言葉通り、それから間もなく、竜のねぐらから竜達が空へと上がっている姿がメリッサの目にも見えはじめた。

今日も竜達は一斉に空に上がり、ゆっくりゆっくりと子竜達を守りながらやってきている。

「……あ。今日はお客様がいらっしゃるなら、子竜達はねぐらでお留守番してもらった方が良かったでしょうか」

今、子竜達はまだまだ警戒心が少なく、人のところへも気軽に近寄ってきている。警備の兵士達が国境へ向かう姿や、竜騎士候補達が竜を見る姿を、逆に見学していたりする子竜達なら、客人にも近寄っていく可能性がある。

そう思っての言葉だったが、ヒューバードはそれに首を振って答えた。

「必要ないそうだ。今は、ねぐらに残る竜より、こちらに飛んで来ている竜の方が多い。守り的にも、こちらで成体の竜達が取り囲んでおけば隔離できるからと、白が言っている」

「それなら、大丈夫そう。……あ、白。少し、質問してもいい？」

メリッサがそう告げると、白の女王は目を開き、首を上げた。どうやら聞いてくれるらしい。

「白はリュムディナって国のことを知っていた？」

グゥ？　グルル
「知らないそうだ。ついでに聞いてみたが、言葉もわからないと言っている」

「じゃあ、昔の青の竜は、他の大陸にまで飛んでいたかどうかは知らない？」

ギュウ、グルルル、ギュ
「飛んでいたそうだ。青は世界中の竜のねぐらを知っているはずだと。ただ、こちらも人との関わりはなかったらしい。だから言葉については期待しないほうがいいそうだ。イヴァルトだけが、人と密接に関わっているそうだから、他の言語は知らなくても問題なかったそうだ」

それを聞いて、メリッサは頷いた。

「じゃあもうひとつ。竜は、人の言葉を覚えてくれるかしら。具体的に言うなら、琥珀の小剣が連れてきたルイスさんの花嫁の言葉なのだけど」

……ギュルル、グゥゥ
「彼女はルイスの花嫁なので、琥珀の小剣はすぐに覚えるだろう、だそうだ」

それを聞いて、メリッサが目を輝かせたとき、空にねぐらからの第一陣の竜達が到着して、降下を始めた。

子竜達を連れた産み親達とほぼ同じ速度で青の竜達が到着したのは、それからすぐあとのことだった。

無事に今日の接待も終わったあと、満足そうに昼寝を始めようとした青の竜に、メリッサは白の女王にしたのと同じ質問をしてみたところ、しばらく首を傾げ、わからないと答えた。

「わからない？　わからないというのは、何をさしてのことだ？」

ギャ、グルゥ、グルル
どうやら青の竜は、確かにねぐらはここだけではないし、人間が飛来地と呼ぶ場所も自分の領域だろうが、人のつけた国名では覚えていないらしい。

「そうだな、先の青の竜が世界を巡っていた時代から三、四百年は経過しているんだろうし、それだけの長さがあれば、国の名前が変わることもあるからな……」

「ああ、そうですね。国の興亡もあり得るでしょうから……覚えても、竜達にとっては意味がないんですね」

少しだけ気落ちしたメリッサに、青の竜は慰めるように頬を舐めたあと、先ほどよりも高い鳴き声で何かを伝えてきた。

ギャーウ、ギュルルル
——言葉は覚えてもいいよ。

その青の竜の返事に、メリッサとヒューバードは思わず互いの顔を見合わせた。

キュルルル、ギュ
「そうか……カーヤ姫は、もう青にとって自分の一族だからか」

「自分の一族だから……言葉も覚えてくれる、ということですか？」

キュルル、キュルルル
要は、これからもその国に竜騎士が行くことになるのなら、竜に見初められる竜騎士の花嫁が現れることがあるかもしれない。そのときのために、王である自分が言葉を覚えておくということらしい。

ギュルル、ギュー、ギュゥ
「青が覚えていれば、他の竜達が必要なときに、その知識を与えることもできるから、だそうだ」

「そんなこともできるんですか？　すごいわ、青！」

メリッサに褒められたことで、喜んで尻尾《しっぽ》を振っていた青の竜は、その次の瞬間、ふっと空を見て、動かなくなった。

しばらく動かなかった青の竜は、何かを確認したように庭に響き渡る声で突然鳴きはじめた。

「……紫の盾が到着したようだ」

その言葉に、メリッサは思わず庭にいた子竜達を見た。

子竜達は、青の竜が鳴きはじめた途端、庭の中央、紫の鱗が並べられた場所まで移動して、そこで大人しく丸くなった。その周囲に、つぎつぎ竜達が降りていき、まるで鱗と子竜を守るように竜の壁が形作られていく。

「客人の気配も察したようだ。……メリッサ、客人は、竜達にとって歓迎できない客らしい」

それは、メリッサにも想像がつく。

これから来るその客人は、琥珀の小剣が連れてきたカーヤを連れて帰るための人材であることを、竜達も理解しているのだろう。すでに一族となっているものを連れて行こうとする相手は、竜にとっては警戒対象であることは想像に難くない。

……だが、竜達の警戒が、ずいぶん厳重なように感じた。まるで中に隠した子竜の気配すらも隠すように、竜達は並び立って壁を作っている。その壁が厚くなればなるほどに、竜達の警戒が強くなっていくのがメリッサにも感じ取れた。

「メリッサ、カーヤ姫を庭へ」

「中で応対しないのですか？」

メリッサが告げると、ヒューバードは苦笑した。

「唯一それができる場所は、現在カーヤ姫の部屋になっているからな。相手とカーヤ姫の様子が見られる場所でなければ、琥珀の小剣は屋敷を壊してでも様子を見ようとするだろう。いざとなったときに、竜が首を突っ込めないと壁を壊されるし、客人達の身の安全が保証できなくなる」

その理由に、メリッサも頷くしかなかった。

「他の応接室は、窓が小さいですしね……。窓から連れ出してもいいですか？」

「ああ。少し離れた場所で待機を。メリッサはそのままカーヤ姫についていてくれ」

「わかりました」

すぐさま身を翻し、カーヤの部屋へと向かうと、すでに侍女達によってカーヤは元々ここに到着したときに着ていたドレスに着替えていた。侍女達には、今日カーヤの国の人が客として到着すると朝のうちに伝えていたからだろう。幸い、カーヤの着ていたドレスは琥珀の小剣の牙《きば》で傷むこともなかったので、唾液《だえき》だけを綺麗に落としただけで元の形に戻せたらしい。

……しかし、装飾品もすべて身に着け、元の身なりになったカーヤは、僅かに不安そうに見える。金をふんだんに使った装飾品で華やかに飾り付けられているからか、その表情の陰りはより対照的に見えるようだ。

見ず知らずの場所で、しかも突然飾り付けられ、言葉もわからない状態では、自分がこれからどうなるのかと不安に駆られたのかもしれない。しかしそれにしては、ここに来た当初からの状態が説明ができず、メリッサは疑問に感じたが、その疑問も言葉さえ通じればおそらく解消できる。そう思い、そっとカーヤの両手をとり、その手を祈るように捧げ持つ。

しばらくその姿勢でいたメリッサだったが、外から次第に大きく羽ばたきの音が聞こえはじめたのを機に、顔を上げた。

「カーヤ姫、お国の方がいらっしゃいました」

カーヤの不安な表情はそのままだが、メリッサが微笑みながら外に出るよう促せば、カーヤは素直に頷き、その導きに従った。

メリッサが窓の外に出て庭を見渡したとき、紫の盾がちょうど黒鋼の柵の外に降り立とうとしていた。背中に乗せた客人を下ろすために、一時的にその場所に降下したらしい。いつもならば余裕のある玄関前は、少し窮屈に感じるほど紫の色で満たされていた。

紫の盾の騎士である、現在の竜騎士隊長クライヴが、客人を抱えて下りているのが遠目からでも見える。

メリッサは、紫の盾に乗ってきた客人二人の行動を注視していた。二人とも、髪はどうやら黒らしい。その濃い色の髪を覆うように、ひとりは鮮やかな色の鍔《つば》なしの帽子を、もうひとりは白い鍔なしの帽子をかぶっている。鮮やかな色合いの鍔なしの帽子をかぶっているのが、おそらくは船主であり、通訳としてこちらに来た人物だろう。ここからでは目の色などは見えないが、隣に立ついかにも護衛らしい体格の男とは違い、人を威圧などできそうもない、あきらかに戦いを知らない体格の細面の男だった。背が高いのは隣の男と同じだが、その肌の色はカーヤと同じで白く、あまり日に焼けるような生活をしていないことが見て取れる。

紫の盾は客人二人が下りるとすぐに騎士も乗せずに空に上がり、黒鋼の柵の中へと飛んでいった。そこが竜の居場所だとわかっているのだろう。庭には青を筆頭にすべての色の竜が揃い、客人をあきらかに警戒しながら注視している。

どうやら竜騎士隊長のクライヴも、この場に立ち会うようだ。客人とヒューバードの間に立ち、何やら説明している。いつの間にか部屋のすぐ外に来ていたらしいルイスはというとカーヤを守るようにすぐ傍に立ち、竜達と同じくなぜか厳しい表情で客人を見つめている。

メリッサは、その状態になってようやくうしろを振り返った。

この位置では、肝心なカーヤが通訳と言葉を交わせないため、カーヤに移動を促すためだ。少し離れた位置でという指示はあるが、会話も聞こえない位置でということではないだろう。

そしてカーヤと顔を合わせて、その異変に気がついた。

――カーヤは、顔色を蒼白《そうはく》にして客人を見つめていた。その手は僅かに震え、目には絶望すら見える。……それはカーヤが、この地に来て初めて見せた、怯えの表情だった。

竜を見て嬉しそうに微笑み、青の竜を見るたびに崇拝しているような仕草を見せたカーヤは、この地に来てから、言葉が通じないことで僅かながら不安そうにしていたことはあっても明確に怯えていたことはなかった。それは竜の爪が手に届く範囲にあってもだ。

そのカーヤが、震えながら、今朝《けさ》までは穏やかだったその顔をこわばらせている様は、あきらかに尋常ではない。

その瞬間、メリッサにとっても客人は警戒の対象となった。カーヤを守るため、彼女を背中に隠すように立ち位置を変える。

そんなメリッサの警戒は、青の竜にも伝わったらしい。青の竜は一歩うしろに下がり、そしてカーヤの最も近い位置に、琥珀の小剣が入り込む。

カーヤの異変にルイスも気がついたのだろう。すぐさま琥珀の小剣に目を向けて僅かに手を振ると、琥珀の小剣がまるでカーヤを励ますように、すぐ傍まで近寄ってきた。おそらく、ルイスは琥珀の小剣の目を通して様子を見ながら護衛をするつもりなのだろう。カーヤのことが気になっているようだが、その視線は先ほどカーヤが怯えた相手である客人に向けられた。

そうやって竜達が動いている間に、客人はカーヤの存在に気がついたようで、カーヤの名前を呼びながらこちらに無造作に近寄った。

だが、それはすぐさまクライヴの腕に遮られて止められた。

「なぜ止める！」

「はじめに説明したように、いきなり動きはじめると竜達が騒ぐことになるからです。声も抑えていただけませんか」

クライヴの説得に大人しくなった客人は、最初の位置から少し動きはしたものの、そこで止まってカーヤのほうに視線を向けた。

「カーヤ姫はなぜこちらに来てくださらないのか。見ているとあちらの傍付きのものが止めているように見えるが」

そう告げられ、視線をメリッサに向けたヒューバードが軽く頷いた。

「彼女は私の妻、メリッサだ」

ヒューバードの紹介で、軽くスカートをつまんで礼をする。

「……では、辺境伯夫人、こちらに姫をお返し願いたい。竜に連れ去られ、心細い思いもしておられることだろう。一刻も早くお慰めせねばなりませんからな」

「……できません」

メリッサが静かにそう返すと、男の表情が一瞬歪《ゆが》んだ。

「どういうことかな？」

「見たところ、姫のおつきのものはまだ到着していらっしゃらないご様子。その状態では、姫おひとりを男性の手に委ねることはできません。そちらからでもお言葉は聞こえます。どうぞ、まずは姫をお言葉で慰めて差し上げてください」

本来なら、この言い分はおかしいことだろう。男が女性の侍女を連れてこられないことは当然わかっていたのだから。もちろん、メリッサとしては、男が警戒対象でなければ、この家で迎え入れ、クルースまでの道のりでは辺境伯家の侍女を付けておくつもりだったのだ。

しかし、この男をカーヤの傍に近づけること自体に、心の中で警鐘が鳴り響いた。

ほんの一瞬だが、男はカーヤとの間に立ち塞がるメリッサを睨《にら》みつけてから、その表情に商人らしい笑顔を浮かべ、カーヤの名を呼んだ。

「カーヤ×××、××××」

その言葉を聞いた瞬間、カーヤは身をすくめた。

「×××、××、×××××。ゲルダ×××、××」

ゲルダというのは、ガラール王妃の名前だ。王妃も心配している、というような言葉をかけているのかなとメリッサは考えた。だが、その男の言葉を聞けば聞くほど、カーヤは怯えるように体を震わせ、よりメリッサに身を寄せてくる。

それはあきらかに、慰められている様子ではない。それを見ていたヒューバードとクライヴも、尋常ではないカーヤを見て訝《いぶか》しげな表情を見せはじめた。

「×××、××××××？」

「×××！」

男の言葉に、カーヤが何ごとかを叫ぶ。そして、二人の会話は打ち切られたようだった。

ますますメリッサに縋《すが》りつくようになったカーヤの様子に、竜騎士達は男に問いかけた。

「……姫があなたを歓迎している様子が見えないが、どういうことかお聞かせ願えるかな？」

クライヴが問いかけると、男はいかにも不服そうに首を振った。

「あなた方は姫のお言葉を理解できないのでしょう？　それでなぜそう断言できるのです。私が姫にお伝えしたのは、姫が竜に連れ去られ、皆が心配していたことと、ゲルダ様も心を痛めておいでだったことです。姫はそれに感情を揺さぶられたようで、理解したと、そうおっしゃっていただけです。どこかおかしいところがありましたか」

確かに言葉がわからないと、そのやりとりについてこちらは真実を知りようがない。

しかし竜騎士三人は、その瞬間、僅かに表情を曇らせた。三人とも、一瞬だが間違いなく竜達に視線を向けていた。その竜達はといえば、どことなく不満そうな表情で小さく唸《うな》って尻尾を動かしている。不満を訴えるその視線は、たどれば男に向けられていることがメリッサにもわかった。おそらく竜騎士三人は、どんな内容かはわからないが、竜達の不満の声を聞いたのだ。だから目の前の男に、不信感を持ちはじめている。

「……カーヤ姫、大丈夫ですか？」

メリッサが声を掛けると、小さく首を振り、手の色が変わるほどの力でメリッサの服を握り締めている。

その様子を見て、メリッサはまっすぐ正面を見て、きっぱりと男に告げた。

「カーヤ姫は、体調がすぐれないご様子です。これ以上姫にご負担をおかけするのは賛成できません。姫のご気分が回復するまで、お話し合いもお待ちいただきたく存じます」

そう告げると、メリッサは振り向いて、姫の背に手を当て、そっと撫でた。

カーヤは顔を上げ、メリッサに縋るような眼差しを向け、メリッサはそれに応えるように、大丈夫と告げて頷いて見せた。

「お待ちなさい。それは話が違う。今日、私が姫に事情を説明し、クルースにお連れするという話だったはずだ」

「姫は体調がすぐれないと申し上げました。体調がすぐれない姫を、たとえ半日といえど休みなく走る馬車に乗せることは賛成しかねます」

メリッサがそう告げると、クライヴもそれに頷いた。ヒューバードはそれを聞き、こちらも賛成の意を示した。

「クルースに迎えが到着するのは、どんなに早くてもあと五日かかるでしょう。説明は、それまでにできれば良いのでは？」

男はそれを聞き、あきらかに表情を歪めた。

「あなた方は、これ以上姫に恐怖を強いるおつもりか？　自らを攫った恐ろしい竜の傍でなど、安らげるはずもないだろう。その体調不良とやらも、竜が傍にいることで悪化していることも考えられる」

カーヤが、これまで無理をしていたとは思えない。カーヤはそれこそ、昨日紫の鱗を見るまでは、むしろ笑顔でいることが多かったからだ。

竜は、嘘《うそ》の笑顔はわかる。素直な感情を好む竜達は、当然ながら嘘の表情を見破ることに長《た》けている。その竜が、カーヤを受け入れていたのだ。間違いなくカーヤはこの場所で安らぎを覚えていたのだろう。

だが、それを今、証明する手段がメリッサにはない。

現在カーヤが怯えている相手は間違いなくあの男だと思うが、あの男が真実を述べているかどうかと同じほど、こちらにも真実の証明はできない。

メリッサが沈黙したことで、男は自分に分があると感じたのか僅かに皮肉な笑みを浮かべ、メリッサに一歩近づいた。

「そもそも、カーヤ姫は私の婚約者なのです。婚約者が自ら慰めようというのに、それを止めることこそおかしいではありませんか」

その告げられた言葉に、ヒューバードとメリッサは大きく目を見開いた。

「……我々は、そのようなことを聞いた覚えがないのだが、それは本当だろうか？」

クライヴが、どこか訝しげな表情で男に問いかけた。

「もちろんです。こんな竜に攫われるような事件がなければ、その報告をガラール王妃陛下にもおこなっていたのです。さあ、イヴァルトの竜騎士の方々。私の婚約者を竜から取り返していただいたのには感謝しますが、これ以上の足止めは無用です。姫をお返しいただけますかな。世話をする侍女は、こちらで人を雇う予定ですのでお気遣いなく」

その男の言葉に、ヒューバードは首を振った。

「あいにくだが、このコーダの街で侍女勤めができる女性は当家にしかいない。ましてや王族という高貴な身分の女性の世話となれば、相応の教育をされている侍女でなければ務まらない。そして馬車だが、遠くリュムディナからいらしたあなたはご存じないかもしれないが、この地方では同一規格の馬車でなければ走行できない決まりがある。その規格で王族の利用を想定した馬車は当家にしかないが、王女のご様子を見るに、馬車で移動などとてもできそうにない。無理に移動などさせ、その身に何かあれば誰が責任をとれると？」

「そもそもこの問題は、竜が姫を攫ったことが原因です。この辺境伯家は、竜が原因の問題を解決するための家であると聞き及んでいますよ。ならば全力で、姫の御身を我が国に帰すことが、その務めなのではありませんか？」

「その全力を尽くすためにも、そちらにはご協力を願いたい。まず姫の御身を第一にするならば、今日は馬車は出せない。ご理解を」

男は、表情を崩すことはないが、やはり苛立《いらだ》ちは隠せないようで、その声が少しずつ低くなっている。貴族を相手にする商人だからだろうか、感情を表に出さないように訓練しているのかもしれないが、どうもそれが甘い。もしかしたら、まだ貴族とのつきあいの期間は短いのかもしれないとメリッサは感じていた。

男は、ヒューバードではなく、カーヤのほうを説得することにしたのだろう。その顔を、カーヤをかばうメリッサに向け、何ごとかを告げた。

「カーヤ××、×××××」

男が低い声でそう告げると、カーヤがその声を拒絶するようにぎゅっと目を閉じ、身をすくめる。

「×××、×××××?」

カーヤは、まるで何らかの覚悟を決めるように、ちらりと青の竜に視線を向けた。あきらかに怯えた眼差しで、その姿は追い詰められ、神に縋る信徒そのものだ。

このままカーヤを男に渡しては駄目だと、メリッサがそう覚悟を決めた瞬間、まるでその覚悟を察したかのように竜と人とを隔てる黒鋼の柵が、庭中に響き渡るような大きな音を立てた。

グォォォオオオアアアァ!!

激しいまでの鳴き声で、男に敵意を向けているのは、居並ぶ竜達の中でも小柄な琥珀の小剣だった。その小さな体からは信じられないほどの大きな威嚇の声を上げ、尻尾を黒鋼の柵に叩きつけている。

その怒りを叩きつけられた男は、驚きに身をすくめ、今まで余裕すら見せていたのに怯えたように一歩あとずさる。

すぐ真横でなされたその威嚇行動に、しばらく動けなかった男の隙《すき》を見て、メリッサがカーヤを部屋に移動させようと一歩進んだ瞬間、男はそのことに気づき猛然と声を上げた。

「……貴様ら、あの竜は姫を攫った竜だろう！　さては姫を攫わせたのは貴様らだな！」

男は竜の威嚇を受けてなお、怒りをその行動力としたのかメリッサのほうに駆け出した。

「姫を返せ！」

その手がメリッサに伸びてくるのを見て、とっさにメリッサは背にカーヤをかばった。抱きすくめて背中を向けてかばうこともできるが、それではカーヤまでこの場で動けなくなってしまう。カーヤが逃げる時間を稼ぐため、メリッサは男に立ち向かったのだ。

だが、その男の手が届くより先に、メリッサの体はふわりと浮かんだ。

「メリッサ、大丈夫か」

気がつけば、メリッサはヒューバードの腕に抱き上げられ、その胸の中に収められていた。

「ヒューバード様、カーヤ様が！」

「それも大丈夫だ」

メリッサがヒューバードに意識を奪われていた間に、目の前の男はいつの間に移動してきたのかクライヴがしっかりと抑えていた。

いた。

「離せ!!」

「この場所で興奮するなと、ちゃんと説明したはずだ」

「うるさい、人攫いの一派が!!」

どんなに暴れてもびくともしないクライヴの腕の中で、男は一切諦《あきら》めることなく暴れ続けていた。

男が抑えられたのに安堵《あんど》したメリッサは、慌ててカーヤを探し視線を庭に彷徨《さまよ》わせた。

そのときだった。

「……竜を相手にするよりも怯えるような相手に、ほいほいと渡せるか」

それは、怒りの籠もった静かな声だった。

その声の主を探し声の方に視線を向けたメリッサは、それを見つけて目を見張った。

いつの間にか、ルイスがカーヤを抱き上げ、人の背の二倍から三倍は高さがある黒鋼の柵の上にいた。足の一本だけでふらつくことなくその上に立ち、男を睥睨《へいげい》している。その背後では琥珀の小剣がルイスと同じ眼差しで男を睨みつけ、今も唸り声を上げていた。

カーヤは驚きに固まっているのか、先ほどまで怯えていたのも忘れたように、大きく目を見開いて、自分を抱き上げているルイスを見つめていた。

「お前が姫の婚約者だと、この場で証明するものは今現在お前の口先だけだ。そんな言葉を真に受けて守護の対象を渡す騎士なんかいやしない。今お前がするべきなのは、無理やりカーヤ

姫を連れ去ることではなく、我が身の真実を証明できるものを用意するか、信用できる証明者を連れてくることだ」

「なんだと！」

なおもクライヴの腕の中で暴れていた男は、自身の身長の倍はある柵の上を睨みつけ、腕を伸ばそうと暴れていた。

それを抑えていたクライヴは、ため息交じりに自身が抑えている男に告げた。

「確かに、ワーグナー殿が我が国の外務大臣と、ガラールの外交官と共に説明されたことだけでは、少々情報が足りていなかったようだな。その状態だと、私ではワーグナー殿の身分を証明するには不十分だ。真実婚約者であると、何か書面などはおありか？」

メリッサは、このときになってようやく、この男の名前を知った。

ワーグナーは、そう問われて暴れるのを止《や》め、自分の前に立ってびくともせずに抑え続けるクライヴに、忌ま忌ましげに怒鳴りつけた。

「あるわけがないだろう！　正式な婚約は国元へ帰ってから成される予定なのだからな」

「それでは、婚約者を名乗るのは早いでしょう。その場合あなたが姫と婚約を控えていることを証明できる書類か証言してくれる身分が確かな人物、もしくは姫からの証言を得るための第三者である通訳が必要になる」

「通訳は私だと言っているだろう！」

叫ぶワーグナーに、改めて説得の言葉を紡いだのは、ヒューバードだった。

「それでは駄目だ。あなたの証明を、あなた自身の言葉ですることはできないだろう。それこそ、そこの男の言葉通りだ。……そこで提案だが、いったんコーダかクルースへ赴き、陸路を移動中の護衛部隊に合流をされてはいかがか。姫の存在については確認できたのだから、護衛部隊と共に来ていただけたなら、婚約者でなくとも姫を安心して預けられる。もしくは、別の手段でリュムディナと我が国の言葉を通訳できる人物を探してくるか」

「私が信用できないと？」

ヒューバードを睨みつけるワーグナーだったが、睨みつけられた当人は、その視線と言葉を平然と受け止めていた。

「竜は少なくともねぐらから逃げることはないし、姫も別の場所へ勝手に移動させることもしない。ワーグナー殿が望むなら、いつでも面会を受け付けよう。ただし、その場合は当家のものを立ち合わせる。……ワーグナー殿をコーダの宿泊施設へお送りするための馬車を。クルース行きの馬車は、毎日コーダから出発している。向かわれるならば私から一言入れておこう」

ヒューバードが屋敷に向かってそう告げれば、屋敷の傍で控えていた執事と従者がすぐさま頭を下げ、屋敷へと入っていった。

すぐさま馬車は整えられたが、送られようとしているワーグナーはもちろん納得しなかった。しばらく押し問答を繰り返したが、暴れても怒鳴りつけても、三人がびくともしないのを見てどうしようもないと諦めたのか、睨みつけるようにして馬車に乗り、護衛と共に屋敷を去って行った。

「……竜達が敵対行動を見せた場合はすぐにクルースへ送る。誰か人をつけておいてくれ」

ヒューバードがそうハリーに命じると、ハリーは粛々と答えた。

「すでに手配しております。その場合は、お命の危険をお伝えして移動していただくことにいたします」

「そうしてくれ。客人ひとり荒野で狙《ねら》われるなら守りようもあるが、街を壊されるとあとあと影響が大きくなる。竜の声には注意しておくので、すぐに動けるようにだけしておいてくれ」

「かしこまりました」

ハリーは、そのまま屋敷へと戻り、庭には一瞬の静寂が訪れた。

竜達すら身じろぎせず馬車を見送っている中、どこからともなく聞こえてきたのはすすり泣く声だった。

その場にいた全員が、それを耳にした瞬間に音のほうへと視線を向けた。黒鋼の柵の上で、カーヤは感極まったようにルイスに腕を伸ばし、縋りついて嗚咽《おえつ》を漏らしていた。

ルイスは今も黒鋼の柵の上で、カーヤを抱えたままワーグナーを乗せた馬車が街へ行くのを見ていたらしい。完全に馬車が見えなくなった途端に、カーヤは我慢の限界を迎えたのだろう。

ルイスはカーヤの腕を外すこともできず、ずっと片足だけで黒鋼の柵の上に立っている。はじめは少し困惑していたルイスの表情は、次第に穏やかな笑みを浮かべ、その腕に力を込めた。

メリッサはそれを見上げながらほっと安堵のため息をつき、改めて自分を抱き上げているヒューバードに視線を向けた。

「……ヒューバード様。ありがとうございます」

メリッサが抱き上げられたまま礼を口にすると、ヒューバードはメリッサをそっと下ろしながらふっと微笑んだ。

「夫としては当然のことだ。むしろ、怖い思いをさせてすまなかった。メリッサが、カーヤ姫を守ってくれて助かった。ありがとう」

ヒューバードに礼を言われ、メリッサも我知らず緊張していた体から力を抜き、ようやく笑みを浮かべた。そうしてメリッサは、改めてルイスのほうを見ながら、しみじみとつぶやいた。

「さすが竜騎士です。あんな高い場所に、カーヤ様まで抱えて、よく登れましたね」

そのつぶやきに、ヒューバードとクライヴは互いに顔を見合わせた。

「登れたというか、跳んだんだ、あそこまで。確かに俺も同じことをしろと言われればできないとは言わないが、あそこまで長時間自分以外の誰かを抱えて姿勢を保って立っていることはできないな」

クライヴがそう告げると、ヒューバードも頷いた。

「私は確実にできる。私がというよりも、白が私の体を使えばだがな。メリッサ、あれも竜の力だ。飛び上がるための脚力、そして今は体の制御を、傍にいる小剣がおこなっている」

どうやらあの位置まで跳び上がり、そして黒鋼の柵の狭い足場で姿勢を保っていられるのは、背後にいる琥珀の小剣がおこなっていることらしい。大型の紫の盾がそれをおこなうのは難しいというのは、紫の盾は竜体が大きい分、人間の体の繊細な操作が苦手であるからという理由らしい。

「琥珀の小剣も、ルイスと組んでもう長い。あれくらいの人体操作なら、問題なくこなす」

「もとより、空中で姿勢を保つのは、速い竜の方が技量で勝る。つまり、白の女王と同じ速度で飛べる琥珀の小剣なら、そつなくこなせるということだ」

呆然《ぼうぜん》としたままそれを聞いていたメリッサだったが、カーヤのことを思い出し、慌ててまだ柵の上にいるルイスに視線を向けた。

「ルイスさん、カーヤ様をお部屋へお連れして差し上げてください」

「あ、ああ、そうだな……じゃあ、下ろすから」

「いえ、そのまま、お部屋に入っていただけますか。先ほどまで立ちすくんでいらしたので、歩くのは難しいと思いますから」

そう言っている間に、ルイスはまるで背中に翼でもはえているのかと思うほどに、簡単に跳び下りてきた。音も何もなく、膝と腰を曲げてその衝撃を受ける様子に、メリッサは改めて竜騎士の身体能力について、感嘆のため息を漏らした。

「カーヤ様、大丈夫ですか」

涙で濡《ぬ》れたままだったカーヤに、自分が持っていた手巾《しゅきん》を手渡すと、カーヤは僅かに微笑みを浮かべ、その手巾で涙をそっと押さえた。

「メリッサ、××××」

何ごとかを告げたカーヤだが、それはきっと礼だったのだと思う。ルイスに運ばれて行くカーヤを見ながら、メリッサは改めてワーグナーという男について考えた。

「……あの男性に、カーヤ様は渡せないと思います。たとえ真実婚約者だとしても、カーヤ様があの方に怯える何らかの理由があるように思うのです」

メリッサの言葉に、この場に残っていたヒューバードとクライヴも頷いた。

「……あの男の言葉は嘘。竜達はそう言っていた。つまり、竜の判定では、あの男は竜の一族を預けるに値せず、だそうだ。メリッサが止めていなければ、私が止めていた」

ヒューバードの言葉に続き、クライヴが聞いていたワーグナーの情報について、メリッサとヒューバードに改めて説明した。

ワーグナーは、カーヤの国リュムディナの貿易商人であることは間違いないらしい。最近頭角を現し、このたび正式に王宮の御用商人として認められ、ガラールへの使者であるカーヤの供として、ガラール王妃にも面会する予定だった。

「ワーグナーは、ガラールしか伝手がなく、小剣が船に乗り込んだ場所はキヌート寄りだったらしいが、そのままガラールに向かい、王妃の協力を求めたそうだ。この大陸で竜のことと言えばイヴァルトだからと、ガラールから近海用の最速船を出し、航路を突っ切ってうちの国まで来たらしい」

「なるほど。まあ、大体想像通りか……」

ヒューバードは思い悩むように腕を組み、難しい表情をしている。メリッサはヒューバードの表情を見ながら、クライヴにカーヤについての一番重要な点について、改めて確認した。

「カーヤ様の婚約者に関することは、今まであの方は何も言っていなかったんですね？」

「その通りだ。もし本当に婚約者なら、竜で運んできていない」

その答えに、メリッサは目を瞬《まばた》いた。

「そうだな。私でも同じ対応をする」

「なぜですか？」

メリッサとしては、婚約者ならそれこそ真っ先に連れてきそうだと思ったので質問したのだが、二人の騎士は同じように首を振った。

「王族の婚約者ということは、少なくとも正客として扱う必要がある。普通の商人や通訳と同じ扱いはできない。竜に乗せて移動などもってのほかだ」

竜騎士や軍人以外が竜に乗って移動するというのは、本当に緊急事態にのみ許されることで、本来なら気軽に乗ることは竜が許さない。今回許されていたのは、それこそ姫の通訳が緊急に必要だからと竜を説得したためだ。

しかし婚約者ならば、姫と同等に扱う必要がある。さらには通訳としてではなく、自分の意見のみで姫の立場を慮《おもんぱか》って発言してもとがめられることがない。それでは通訳になり得ないのだと二人は告げた。

つまり、ワーグナーが正客である婚約者の扱いになるのなら、通訳にはまた別の人物を選ばなければならなかった、ということらしい。

「では、どうすれば良いんでしょう。本当に陸路で侍女の方々の到着を待つんですか？」

そのメリッサの困惑に、クライヴは苦笑しながら首を振った。

「あの男が通訳になり得ないなら、代わりの通訳を連れてくるまでだ」

思わず見上げたメリッサの頭に、クライヴの手が乗せられ、ぐりぐりと撫でられた。

「というわけで、俺はこのままガラールに飛ぶ」

「それしかないだろうな」

納得して頷いているヒューバードに慌てて振り向いたメリッサは、わけがわからず首を傾げた。

「あの、どうしてガラールなんですか？　陸路で来ている、お迎えの方々のところではないいんですか？」

むしろ、先ほどまでの様子からすると、王都からこちらへ陸路で向かっているはずの集団のところへ行くと思っていたメリッサは、そう問いかけた。

「陸路の集団は、ワーグナーが通訳として我を通しても反対できなかったからだ。あれはすべてワーグナーに逆らえない。つまり、通訳したとしてもワーグナーと同じく正確性に欠ける。ガラールの王妃なら、手元におそらく自国と出身国の言語の通訳ができる人材を置いているだろう。それを直接王妃に説明し、承認を得て借りてくる」

クライヴはそう告げて、すぐさま飛び立つために、紫の盾が待つ竜の庭へと体を方向転換させた。

それを見て、メリッサは自身のするべき務めを忘れていたことを思い出し、慌てたように声を上げた。

「待ってください！」

とっさにクライヴの腕を取ったメリッサは、今もクライヴの次の行動を待っている紫の盾に視線を向けた。盾はこの二日、人を三人も乗せて飛んで来たとは思えないほど元気な様子だが、それでも疲労はしているだろう。それなのに、いたわりもせずに送り出すことはメリッサにはできなかった。

「紫の盾に野菜と水を。二日かけてここに来た竜を、おもてなしせずに送り出したりできません。クライヴさんもです。せめて食事をとっていってください」

必死にクライヴを足止めするメリッサの様子に、クライヴは虚を突かれたように固まっていたが、そのうち噴き出すと大きな声で笑いはじめた。

「そうだな、メリッサ。いや、辺境伯夫人のもてなしも受けないまま、竜は飛ばせないな」

黒鋼の柵の中で、腰を下ろしていた紫の盾も、その通りと言わんばかりに鳴いている。それを見て、メリッサはほっとしながらヒューバードに断り、野菜を取りに屋敷に駆け戻った。

「竜騎士隊長に食事の用意を。お酒は出しません、お願いします」

「お任せください。席の用意については一階でよろしいですか」

厨房《ちゅうぼう》に飛び込んだメリッサに、料理長はにこやかに対応した。どうやらすでに料理の用意はできているようで、あとは席をどこに用意するかだけだったらしい。

「では一階にある庭の傍の食堂に、ヒューバード様の席も用意してください」

メリッサはその状況に、安堵の笑みを浮かべて伝え、メリッサ自身は用意されていた竜の野菜籠《かご》を手に再び庭に戻る。

「ヒューバード様、一階の庭が見える食堂に席をご用意しました。私は紫の盾に野菜を食べさせてから、カーヤ様のご様子を見に行きますね」

「わかった、ありがとうメリッサ」

「じゃあ、またな、メリッサ」

クライヴは、メリッサの頭を一度撫でて、そのままヒューバードと共に屋内へと向かう。おそらくは食事を終えたあと、すぐに飛ぶのだろう。メリッサは水場の水量を確認してから、紫の盾に好物の瓜《うり》を差し出した。

「紫の盾、ここまでおつかれさま。さっきは立ち会ってくれてありがとう」

グルゥ、グルルル
「このあとも、どうかよろしくね」

紫の盾は、メリッサの額にちょんと鼻先をつけ、メリッサの手から瓜を受け取った。

元々紫の盾は水よりも野菜などから水分を取ることを好むので、水は好きに飲めるように用意だけして、そのまま庭から続くカーヤの部屋へと足を向けた。


室内では、カーヤは寝台で眠っており、その寝台の横に椅子を用意してルイスがカーヤを真剣な表情で見つめながら座っていた。

ルイスは護衛として立ったままでいると思っていたメリッサは、静かに室内に入り、ルイスの様子を見て、そうなった理由を理解した。

寝台からカーヤの手が伸びており、ルイスの上着をぎゅっと握っている。今日は厚みがある飛行服ではなく、いつもより薄手の上着だったためか、しっかり握り込まれて外せなかったらしい。

「ルイスさん……」

「メリッサか。で、結局どうなった?」

端的な問いかけに、メリッサはひとつ頷き、それに答えた。

「このあと、紫の盾とクライヴさんがガラールに向けて飛びます」

ルイスは、それを察していたのだろう。ひとつため息をついただけでそのまま沈黙してしまった。

このような任務で、いつもは真っ先に飛んで行くルイスからすれば、待つだけの今はもどかしいことこの上ないことだろう。紫の盾と琥珀の小剣なら、おそらくは絶対的な速度の差が出てしまう。

「……盾が飛ぶってことは、二泊三日、ってところか。陸路を来てる連中が辿《たど》り着くのが早いか、通訳が早いか……どっちだろうな」

通訳がこちらに到着するのは、早くて三日、あちらでの説得が長引けば四日以上はかかる。そもそもガラール王妃に気軽に会えるというものではなく、面会で躓《つまず》けば会うこと自体に時間もかかる。

「ずーっと忘れてたが……俺、大人しく待つって、子供の頃《ころ》から苦手なんだよなぁ……」

ハア、と力なく肩を落としたルイスは、その拍子に少しだけ力が緩んだらしいカーヤの手から上着を取り返し、カーヤの手を寝台の上掛けの中へと入れた。

「じゃあ、俺は行くから」

カーヤの手が外れたなら、いつまでも部屋にはいられないと立ち上がったルイスの腕を押さえ、メリッサは慌ててそれを制止した。

「せめてもう少し、カーヤ様が目覚めるまで、この近くで控えておいてもらえませんか」

「……うーん、理由は?」

困ったように首を傾げるルイスに、メリッサはきっぱりと言い切った。

「護衛です。カーヤ姫は、緊急事態が起こったときに、護衛があるのが当然の生活をなさっていたはずです。むしろ先ほどの様子を見ていれば、今の状態は不安を感じていると思うんです。護衛を置くなら、先ほどその身を守ってくださったルイスさんが最適かと思います。お願いできませんか」

「……ああ、そうか、そうだな。お姫様だもんな。護衛がいるよなぁ」

困惑しているままではあるが、納得はしてくれたらしい。完全に立ち止まったルイスに、メリッサはもうひとつ付け足した。

「あ、もちろん、カーヤ様が目覚めて、護衛が必要ないようなら離れてくださって構いません。守るという意味では、琥珀の小剣もいますから」

「……わかった。だが、お姫様が寝てる部屋に男がいるのはまずいだろ。俺は窓の外に出てるよ。すぐ顔を出せる位置にはいるから、何かあったら声を掛けてくれ」

あっさりとそう告げて、手をひらひら振りながら掃き出し窓から外に出て行くルイスの姿に、妙に心がざわついた。どうしてなのかはもちろんメリッサにはわからないのだが、思わずそのルイスの姿を追いかける。

窓の外に出て、ルイスの姿を視線で探したメリッサに、足元から声が掛かる。

「……どうしたんだ、メリッサ？」

不思議そうな表情で、掃き出し窓のすぐ傍で腰を下ろしていたルイスの姿に、驚くほどの安堵を覚えた。

ルイスは傍にいると言ったのに、どうしてそんなに不安だったのか。そう、メリッサはそのときとても不安を覚えていたのだ。

「……あの……ルイスさん、カーヤ様は……花嫁にはできないんでしょうか」

「……無理かなぁ」

苦笑しながら答えたルイスに、メリッサは泣きたい気分になって、そこでへたり込んだ。

「大丈夫か、メリッサ」

「……ごめんなさい、ルイスさん。あの、もし良ければ、その理由を聞いてもいいですか？」

そう問いかけたメリッサに、ルイスはしばらく悩んで口を開いた。

「メリッサ……俺な、そもそも……ヒューバードより年上でさ」

「そうですね。ヒューバード様より三つくらい年下に見えますけど……実際は三つ年上でしたね」

「お姫様、メリッサのひとつ下だよな？」

「はい」

それはメリッサが聞き出したことだ。メリッサはこの間誕生日を迎え、十七になったところだ。幸い数字は同じだったため、カーヤの年齢は十六だと筆談で教えてもらえた。

「十四違うって、もうたぶん、俺はお姫様の父親の方が年が近いよ」

その答えに、メリッサは驚きで大きく目を見開いた。

「……竜に選ばれたからって、いきなり知り合いでもなんでもないおっさんのところに嫁に来ないかなんて、そもそも声を掛けること自体失礼じゃないか？」

「……すみません、それは考えもしていませんでした」

年齢差というものに改めて思い至ったメリッサは、本当に心の底から驚いていた。自分もヒューバードとは十歳差ではあるが、ずっとヒューバードの傍にいたメリッサは、年齢的な問題については考えてもいなかったのだ。むしろそれを考えていたのは、確実にヒューバードの方だろう。

「そうか……メリッサ、普通はだいだい、そうなんだ」

頭を掻《か》きながらそう告げたルイスは、小さな声でぼそぼそとつぶやいた。

「若干教育を間違えてないか、ヒューバード……」

メリッサはしばらく考え込んでいたために、その声は聞こえなかったらしい。何やら訝しげに、ルイスに問いかけた。

「……年齢だけなら、そもそも王族もですけど、年上の男性に嫁ぐのはよく聞く話ではないですか？」

「いやいや、さすがにそれは限界があるよ。それにさ、そういう場合、男の方には家柄だとか権力だとか、それを受けるお嬢さんにも何らかの利点があるだろ。……俺に王族を娶《めと》れるような家柄や権力なんて、何もないよ」

「……ルイスさんは、カーヤ様を、受け入れられないということですか？」

ルイスは、いつもと同じような笑顔をその表情に浮かべているが、どことなく疲れたような様子だった。

「……メリッサ、俺な、王都から東に山一個分ほど離れた小さな集落の出身なんだ」

竜騎士は基本的に、出身も身分も問わないとされている。そのため、ルイスの出身地についても、メリッサははじめて知った。

「俺はその村にたった一軒ある商店の五男でさ。他の兄弟も全部男なんだ。そうなると、家には引き継ぐような金もないし土地もない、ついでに村には商人の五男ができるような仕事もない。だから成人する少し前、一番上の兄貴が家を継いだときに、口減らしで商家に働きに出されることになったんだ。でも俺は、元々嘘がつけなくてな。交渉なんてのも苦手で、親や兄貴達を見てもとても自分が商人に向いてるとは思えなくて、迎えが来る前に武器一本手にして、家から逃げたんだ。王都に行けば、兵士になれる。兵士になれば、自分ひとり分の食い扶持《ぶち》なら稼げるからって、家族にも二度と会えない覚悟をしてな」

──ルイスが実家から持ち出せたのは山刀一本。他は銅貨一枚すらなかった。それで草木を掻き分け、道を作りながら山を下りた。

馬車に乗るような金はなく、普通に道を歩いていたら山賊も出るし、そもそも食料も手に入らない。まだ、山に分け入る方が、隠れる場所もあって安全だったのだ。

山育ちで、食料を得るために幼い頃から森に出入りしていたのも幸いした。食料は山で取れるものを口にして、水分はできるだけ木の実で取りつつ、喉が渇いてどうしようもないときは湧《わ》き水を探して飲んだ。

山で狩りをして得た毛皮だけを手に、着のみ着のままようやく辿り着いた王都で、ぼろぼろの小汚い姿のまま入門審査の列に並んでいたとき、ふと見上げた空に竜が飛んでいた。

それはその当時、竜騎士隊長を務めていたクライヴだった。

あの当時は、まだ白の女王がいなかったから、騎竜の最高位は紫だった。王都で最も華やかな竜騎士の姿に、そのときのルイスはただ口を開け、眺めていることしかできなかった。

「ぽかんと竜に見とれていた俺に、警備をしていた兵士が教えてくれたんだ。竜騎士になりたいなら、挑戦は誰でもできるぞって。ただ、竜騎士になりたいと言えば良いだけだからって」

イヴァルトは、竜騎士を志望したすべての男性に、辺境伯がその生活の保障をして、竜騎士への挑戦を受け入れる決まりがある。その制度を利用すれば、衣食住すべてを賄われながら、最長で三年間、竜騎士を目指し、辺境で暮らすことが許される。

　今も、辺境伯邸にある軍の宿舎で生活している竜騎士候補達は、その衣食住について保障されて竜騎士を目指す人々である。もちろん、金がある場合、そんな期限はもうけられず、好きなだけコーダに宿泊して竜騎士を目指すことも可能だが、当時のルイスには、もちろんそんな金はなかった。

「そのあと順番が来て、入門審査で王都に来た理由を聞かれて、わけもわからないまま、俺は竜騎士になりたいと叫んだ。その結果が今の状態だ」

　それはメリッサには想像もできない世界だった。成人したばかりならば、つまり今の自分とほぼ変わらない年齢で、武器ひとつだけを手に家を出なければいけない状況も、そのまま山に分け入るその心境も。

　竜が人を選ぶ基準は今もわかっていない。ただ気が合ったからだと、それが一番近い答えなのだとメリッサは聞いていたが、少なくとも今聞いた話は、琥珀の小剣も理解した上でルイスを自分の騎士として選んだのだろう。

　ルイスは今も、先ほど浮かべていた笑顔のままだ。もう、笑うしかないと、そう言った諦めの心境もあるのかもしれないと、メリッサには感じられた。

「俺は運が良かったんだと、今もそう思ってる。生きて山を下りられた。そして琥珀の小剣が俺を選んでくれた。最高の幸運だったとそう思う。着のみ着のまま家を飛び出した俺には、本当に琥珀の小剣しかないんだ。何もない自分は、お姫様にしてやれることも、渡せるものも何もない」

生まれも育ちも違いすぎて、どうして良いかわからない。どうすれば、王族生まれのカーヤがただの騎士の元で生きていけるのか、それもわからない。

「竜騎士は確かに普通の騎士より多く俸給は出るが、それでもお姫様を満足させられるような生活は保障してやれない。つがいだからって、絶対結婚しなきゃいけないわけでもない。生きてる世界が違いすぎるんだ。元の生活に戻してやる方が、お姫様のためだろう？」

そうつぶやいて首を振ると、再びルイスは笑みを浮かべて肩をすくめた。

「俺には琥珀の小剣がいればいい。結婚できないのは元々覚悟の上だ。つがいはいた。だが、結ばれなかった。それでいいんだ」

そう告げてメリッサの頭を撫でるルイスは、結局最後まで、困ったように笑っているだけだった。

「メリッサ？」

ぼんやりと庭にしゃがみ込んでいたメリッサの前に、気がついたらヒューバードが立っていた。背後には今まさに飛び立つ前らしい紫の盾が、クライヴを背に乗せたまま首を傾げてメリッサを見つめている。

慌てて立ち上がり、紫の盾に駆け寄ったメリッサは、挨拶を終えると素早くその場から離れた。

そうして満足したらしい紫の盾が飛び立つのを見送りながら、メリッサは隣に立つヒューバードに問いかけた。

「……ヒューバード様は、カーヤ様がルイスさんの花嫁になれると思いますか」

その問いかけに、ヒューバードはしばらく沈黙したあと、首を傾げた。

「……なれるかどうかという質問ならば、なれるとしか答えようがないな」

竜騎士の結婚で、一番問題になるのはもちろん竜に受け入れられるかどうかだ。その竜が乗り気で攫ってきてしまった相手が花嫁になれるかどうか、という問いなら、なれるとしか答えようがない。

「……でも……ルイスさんは、無理だって……世界が違うって……」

先ほど聞いたルイスの言葉に、メリッサは気づけば打ちのめされていた。

メリッサ自身だって、結婚前に身分差を感じて諦めていたのに、それを忘れていたのだ。

そしてカーヤとルイスの身分差は、メリッサとヒューバードのそれ以上なのだと、ルイスに突きつけられ、ようやくルイスのあの諦めたような笑みの意味を理解してしまった。

「せっかく花嫁が見つかっても……結婚できないこともあるなんて……」

そう言って、うつむいたメリッサに、ヒューバードはほんの少しだけ気まずそうに告げた。

「だが、あの二人が結婚できるかどうかという問いなら……今のところ五分だろう」

「……え？」

ヒューバードのその返答に、メリッサは一瞬まったく意味がわからず固まった。

ようやく理解したヒューバードの答えは、つい先ほどまで聞かされたルイスの意見とはほぼ真逆で、メリッサは逆に驚き、思わず声が出た。

「五分!?」

先ほどのルイスの考えを聞いて納得してしまっていたメリッサは、もう駄目なのだとしか思えなかっただけに、まだ五分もあるというヒューバードの意見が信じられず思わず声が出てしまった。

メリッサの驚愕《きょうがく》の声にヒューバードも驚いたのか、珍しくヒューバードも目を見張った。

「五分ぐらいだろう。カーヤ姫がまず婚約しているかどうかだが、婚約していないなら、竜騎士であるルイスを婿としてあちらの国が迎えることができるかどうかになるし」

「婿!?」

驚きの表情のまま、声を上げるメリッサに、落ち着けとばかりによしよしと頭を撫でながら、ヒューバードは頷いた。

「さすがに王族の姫を嫁にするのはルイスでは無理だろうが、逆に竜が常に傍にいるルイスを婿にするなら、身分が高くなければ無理なんだ」

「婿……」

だんだん落ち着いてきたメリッサを抱き寄せ、背中をぽんぽん叩きながら、ヒューバードは頷いた。

「ルイスは、これからたとえ竜騎士を引退しても、琥珀の小剣と一緒に暮らすことになる。相手の身分が平民なら、希望した者には引退と同時に竜が降りられる家を郊外に建ててもらえる。そして竜が貴族の令嬢をつがいに選んだ場合、婿に行っている例は過去にもある。ワーグナーはまだ婚約者だと確定してはいないのだから、間に割り込むこともできるかもしれない。見たところ、カーヤ姫はあの男には怯えているし、乗り気ではないだろう。それなら、今まで国交がなかったイヴァルトとリュムディナの間で話がつくかどうか、五分ということだ」

「婿……考えもしませんでした」

動揺しているメリッサを抱き上げ、慣れた調子で落ち着かせながら屋敷へ向かうヒューバードは、小さな声でつぶやいた。

「そもそも、竜の好みはそのもの騎士の好みだ。あそこまで竜が気に入った相手を、騎士が無下にできるわけがない。……あいつはさんざん私を見ていたくせに、抗《あらが》えるとでも思っているのか……？」

その言葉を聞いたメリッサはきょとんと目を見開き、ヒューバードを見つめていた。ヒューバードはそんなメリッサに、ただ穏やかに微笑んで見せたのだった。

第四章　宝物の守り方

通訳として王都から竜で運ばれてきた男はカーヤの婚約者を名乗り、その身を連れ去ろうとしたために、カーヤの身の安全を考えて移動は護衛の到着を待つことになった。

そう記した手紙を急いで用意して早朝の便でクルースへと送る。

クルースで、コーダから向かうカーヤと、王都から送られてくるカーヤの侍女や護衛で構成された部隊を出迎える仕度をしていた義母に、こちらで起こったことを報告しておかなければ、いざ協力を頼むときに迅速に動きがとれないかもしれないからだ。カーヤはこちらで引き続き世話をすることになったので、侍女もこちらに借りたままでいなければならない。

それと同時に、カーヤの護衛が務められる女性も必要となる。

カーヤは、婚約者であるはずのワーグナーと竜の庭で再会したあとから、怯《おび》えて自分からは外に出ようとしなくなった。部屋の中から、竜達に手を振り、青の竜を拝礼していることには変わりないのだが、いざ外に出ようとすると足がすくむらしく、部屋のぎりぎり窓際に椅子《いす》を用意して、屋内で過ごすようになってしまった。

義母ならば、自身で護衛として立ち回れるのだろうが、メリッサに戦闘経験も護衛の経験もない。いざというときには我が身を盾にするしか守る方法がないので、そのときはカーヤの手を引き、竜の庭に走るしかないと覚悟を決めた。

一応、この屋敷には国境警備の兵士やヒューバードもいるためそうそう危険なことにはならないが、国境警備の兵士を貴人の護衛として連れ出すことは不可能であるため、カーヤ専属の護衛をこちらの状況を知らせる手紙で心当たりがあればと義母にお願いしたが、さすがにすぐに手配できるようなことにはならないだろう。

そのため現在、カーヤの護衛はルイスが務めてくれている。

「……ルイスさん、別に屋根の上じゃなくても、こちらのお部屋の近くでもいいんですが」

メリッサが、掃き出し窓から一歩出た地点で、テラス状になったその場所の屋根の上に視線を向けてそう告げると、その場所からはルイスの声が返ってくる。

「この場所なら、コーダもよく見えるから大丈夫。なんかあったら呼んでくれ」

メリッサとしては、大丈夫じゃないと言いたい。しかし、護衛としてなら、その位置で確かに問題がないため、呼びづらい。

大丈夫じゃないのは、主にカーヤの安心感というものだろうか。日に何度も、カーヤの視線が竜の庭に向けられており、琥珀《こはく》の小剣の周囲を彷徨《さまよ》っているのだ。その何かを探す視線を見ていて、メリッサはその対象に気づいてしまった。

カーヤが外に一歩出れば、ルイスの居場所などすぐにわかる。一歩窓から外に出て、振り返ればそこにいるのだから見つけられないはずがない。だが、今、カーヤは外を恐れていて一歩も外に出られない。おそらく、ルイスが傍《そば》にいれば、カーヤも外に安心して出られると思うのだが、警護するならば、その対象は同じ地点でじっとしていてくれた方が守りやすい。

「あの、ルイスさん、あとでカーヤ様にお散歩するようおすすめしようと思うので、そのときは下りてきてくださいますか」

ルイスも、今日《きょう》は部屋にいるものだと思っていたのだろう。メリッサの言葉を聞いて、不思議そうにしている。

「琥珀の小剣も心配そうにしていますし、青が気にしているようなので。竜の庭に挨拶《あいさつ》に行く程度ですが、ついていていただけませんか」

琥珀の小剣は、今もカーヤの部屋の前を動かず、ときおり中を覗《のぞ》き込みながらも大人《おとな》しくしている。そして青の竜は、そのまた隣で、やはり部屋の中を気にして覗き込んでおり、メリッサが出てきたあとも部屋の方を気にしていたので、おそらくはカーヤを見ているのだと思う。

青の竜にしてみれば、カーヤは一族の新人と同じなのだろう。今年生まれた子竜達と同じで、昨日《きのう》怯えていた一族を気遣っていると思えば、その行動にも納得できる。

「わかった。そのときは声を掛けてくれ」

ルイスはそのまま屋根の上に体を預け、目を閉じた。

ルイスが目を閉じていても、この場所にはルイスの竜である琥珀の小剣がいるので、護衛としては問題ない。元々、室内にいる間、カーヤを守らなければならないのは、同室が許された侍女達だからだ。

メリッサはルイスのその言葉を受けて、納得して部屋へと入った。

部屋の中で椅子に座り、カーヤは絵本を読んでいた。それはカーヤが目を覚ましたときに、メリッサが読んでいた初代の竜騎士と青の竜との友情を描いたものだった。

指で文字を辿《たど》りながら、カーヤは真剣な表情でそれを読んでいる。カーヤの邪魔をしないよう、メリッサは侍女達がいる場所に移動し、そこで静かにカーヤの横顔を眺めていた。

カーヤの国であるリュムディナのことを知っているわけではないメリッサは、カーヤが日頃《ひごろ》どのような生活を送っていたのか、おぼろげにしか想像できない。だが、作法やこの部屋での過ごし方を見て、カーヤが王族の姫として、優秀なのだろうとは推測できた。

カーヤは常に侍女の存在を頭の隅に置いている。この場では、言葉が通じないからか、直接何かを命じることはなくても少ない動きで何を希望しているのかがわかるように伝えてくる。

紙とペンを渡すと、黙々とおそらく自国の言語なのだろう文字を書いているのだが、それは手紙などではなく、おそらく文字の書き取りの練習をしているものと思われた。その文字は、大変線の多い文字で、途中で何本も交差し、まるで花の模様にも見える。

それが書き取りの練習だとわかったのは、その描いている途中の紙で、メリッサに絵を描いていろいろ説明をしてくれるからだ。

その書き取りの練習の中には、カーヤの名前も含まれていて、その書いたものをさしてカーヤだと、そう本人が告げていた。それについてはカーヤが身に着けていたドレスにも同じ模様が刺繍《ししゅう》されていたので、自身の紋章のようなものなのだろうとメリッサは理解した。

そして、どのような手段であっても、情報を得ようとする。その交渉をメリッサのように言葉の通じない相手であっても諦《あきら》めないカーヤは、穏やかなように見えてやはり人の上に立つことを生まれながらにして決定づけられていた人なのだと感じるのだ。

すぐさまこちらの名前などを覚えているのも、それが社交術として基本だからだろう。相手の名前と顔を覚えることは社交の基本であり、交渉などをするうえで最も重要なことでもある。

それらの姫君としての姿をすぐ身近に見ていたからか、ワーグナーがこの辺境伯邸に来たときのカーヤの態度は、言葉よりも雄弁にワーグナーに対するカーヤの心を伝えてきたのだ。

自国の、言葉が通じる相手であるはずのワーグナーに、ひたすら怯えていた姿。

カーヤは王族であり、敬われる存在であり、そして移動していた船の上で最も身分が高い存在であったはずだ。あそこまで怯えるのは、それなりの理由があるはずだった。王族としての命令も、交渉も、あの瞬間使えないほどにカーヤは怯えていたのだ。

そしてそんな姫が怯えるような相手に、父親である王弟は婚約を許したのだろうか。

なぜ国王は、姫があそこまで身をすくめて怯えるような相手に、一国の使者を送り届ける重要な役目を任せたのだろうか。

ひとりで考えれば考えるほどわけがわからず首を傾《かし》げるしかないのだが、目の前のカーヤにそれを聞くことができないのは、想像以上にもどかしいことだった。

「××、メリッサ？」

名前を呼ばれ、慌てて顔を上げると、不思議そうにカーヤがメリッサを見つめていた。

「あ、申し訳ありません。何かありましたか？」

メリッサはできるだけやさしい言葉で、カーヤに答える。

どうやら読んでいた絵本を棚に返して欲しいらしい。大切に両手で手渡された本を受け取り、それを侍女に預けた。

「では、カーヤ様。お外に散歩に行きませんか？」

カーヤは、メリッサが両手を取って立たせたあと、外を指し示すと、少しだけ表情を陰らせた。あまり行きたくないのだとわかったが、メリッサはそこで少し待っていてくれと仕草で示し、すぐさま外へと飛び出した。

「ルイスさん、お願いします」

そうメリッサが告げた途端、屋根の上から軽やかにルイスが飛び下りてきた。

そしてその姿を見たカーヤは、驚いたような表情をしたあと、侍女に視線を向けて靴を履くと、自らそっと窓枠を越えてきたのである。

カーヤはそうして窓の前に立つと、淑《しと》やかに膝《ひざ》を折り、軽く礼をした。

「……護衛の礼ならいいですよ。それが騎士の仕事です」

ルイスは素っ気ないほど簡単に首を振りながらそう告げて、一歩下がった。その位置から、護衛をするという意思を示したことに気がついたらしいカーヤも、すぐにまっすぐに立ち、竜達の元へと歩いて行く。

まずは青の竜へ拝礼を行い、琥珀の小剣に挨拶をすませる。小剣がグルグル喉《のど》を鳴らしながら黒鋼の柵《さく》に顔を擦《こす》りつける姿を見て、カーヤは微笑《ほほえ》んだ。

「メリッサ、×××……」

「はい、どうしました？」

カーヤは、その身振り手振りで、竜に触れてみたいとそう言っているようだった。それを見て、メリッサはすぐ傍にいたルイスに視線を向けた。

ルイスも、今の身振り手振りが通じていたらしく、すぐさまその体を黒鋼の柵の内側へと滑り込ませていた。

「小剣、いいな、絶対に動くなよ？」

琥珀の小剣の足元で、何度も何度もそう言い聞かせてから、ルイスはメリッサに頷《うなず》いて見せた。メリッサはその合図を受けてカーヤの手をとり、柵の隙間《すきま》から琥珀の小剣の脚にカーヤの手を触れさせた。

ワーグナーを見てから塞《ふさ》ぎ込み、どこか怯えたように過ごしていたカーヤの顔から、ようやく緊張が消えた。その穏やかな表情に安堵《あんど》を覚えた。

他《ほか》の竜達も、近くにいて様子を見ているようだが、カーヤを驚かしたり慌てさせたりしないようになのか、やさしい眼差《まなざ》しでカーヤと琥珀の小剣の様子を見守っている。メリッサは、カーヤが竜達にも受け入れられていることを感じて微笑んだ。

そうして竜を見渡したあとにふとその視線をルイスに向けてみれば、ルイスもやはりカーヤの表情が穏やかなことに安堵したのか、その表情には穏やかな笑みを浮かべている。

メリッサにとって、ルイスはいつも笑顔の印象なのだが、今日のその笑顔はどこか違うように感じた。その表情にメリッサは覚えがあった。どことなく、今日のルイスの印象がヒューバードに重なっているのだ。幼い頃《ころ》に、ヒューバードが向けていてくれたあのときの表情が、今のルイスとかぶっているのだろう。

しかしカーヤがルイスに視線を向けた瞬間、ルイスのその表情は消えていた。

やはりまだ、ルイスはカーヤに対して、僅《わず》かに壁があるようだ。竜に対しては一切怯えていないカーヤは、ルイスに視線を向け、何か言いたそうにしながらもその視線をそっと逸《そ》らせ、目に見えて気落ちしている。そんな二人の間のわだかまりをメリッサは目の当《ま》たりにしながらも何もできることはなく、今日の散歩を終え、部屋へと帰っていったのだった。

「それでメリッサ、カーヤ姫の様子はどうだ？」

ヒューバードと二人で食事をとりながら、今日一日の報告をおこなっていたメリッサは、そう尋ねられてサラダを口に運んでいたフォークを止めた。

「やはり、外に対して恐れがあるようです。……あんなことがあったあとですから、仕方ないとは思いますが」

まさか、通訳としてきた相手にカーヤがあそこまで怯えるとは誰《だれ》も思わなかっただろう。

ヒューバードもそう思っていたようで、メリッサに頷いて見せた。

「そうだな。辺境伯家としては、カーヤ姫を優先し、ワーグナー殿への引き渡しはおこなわない。少なくとも、迎えの侍女達が到着するまで、こちらは動くことはしない。メリッサは引き続き、カーヤ姫の傍についていてくれるか」

「はい、それはもちろんです」

すぐさま頷き、答えたメリッサに、ヒューバードはやさしく微笑んだ。

「メリッサをずっと借りっぱなしだから、竜達の機嫌は悪くなりそうだが……」

「いえ、それは大丈夫だと思います」

あっさり答えたメリッサは、庭に出たときの様子を説明し、笑顔をヒューバードに向けた。

「竜達にとって、カーヤ様が新入りの一族なら、その世話をしているのも認められるんじゃないでしょうか。子竜達が、特別扱いされていても他の竜達が騒いだりしなかったように、カーヤ様に私がずっとついていても、竜達にとっては同じことだと考えられているんじゃないでしょうか」

「そうか。それならいいんだが……」

「青も、カーヤ様のことを気にしていたようなので、今の状態は青の公認と思っていいかと。ヒューバード様は、青から話を聞いていませんか？」

逆にメリッサがそう問うと、ヒューバードは少しだけ考え込んだ。

「……青は、ひたすら、あの男は嘘《うそ》つきだとそう言っている。嘘つきに、一族は渡せないと。そうなると、私達としてはあの男の嘘を暴かなければならない。だが、それもまた、カーヤ姫の証言がないと難しい。だから今は、あの男の行動を監視させていたわけだが……」

そう説明するヒューバードの表情を、メリッサは見つめていた。

「……何か、おかしなことでもあったんですか？」

ヒューバードは、メリッサの問いかけに、少しだけ言葉を濁した。

「……このあと、執務室で、ルイスも含めて相談したいことがある。メリッサも一緒に聞いてくれるか」

そう告げられて、メリッサはもちろんと力強く頷いた。

ルイスは護衛ということもあり、カーヤの部屋からは離れられない。だが、カーヤの部屋として使用しているのは、ヒューバードの執務室のすぐ下なのである。

ルイスがいる屋根というのは、すなわちヒューバードの執務室のすぐ外なのだ。

メリッサは執務室の窓を開け、すぐ傍の屋根に転がっているルイスに声を掛けた。

「ルイスさん、お食事ですよ。こちらでどうぞ」

「こちらって、そこ辺境伯の執務室だけど飯食っていいの？」

困惑した様子のルイスに、メリッサの背後から肩を抱き寄せながらヒューバードが顔を出してあっさり告げた。

「ついでに報告もある。いいから入ってこい」

ヒューバードにそう言われ、ルイスはよいしょとテラスの柵を乗り越えた。部屋に入り、来客用の椅子とテーブルに用意された食事をひとりとりはじめる。

その横には、侍女のひとりが給仕として立ち、三人分のお茶をメリッサと共に用意する。髪に白いものが交じる初老の侍女は、慣れた手つきでお茶をテーブルに置くと、ワゴンだけを置いて部屋から立ち去った。

「おかわりもありますから。あ、あと、お夜食も用意した方がいいですか？」

ルイスの斜め前にあるソファに腰を下ろしながら、メリッサがルイスにそう問いかけると、問われたルイスは驚いたように目を大きくした。

「いやいや、さすがに今日はそこまで差し迫ったことはないだろう？　夜は寝るよ」

「じゃあ、寝る場所はどうしましょうか？」

「庭で寝る。小剣の傍に天幕を張ってもいいかな？」

その問いかけは、ヒューバードに向けられている。ヒューバードはそれに否と言うことはなく、ルイスの今晩の居場所はそれで確定した。

「んで、報告って何かな」

ルイスもヒューバードも、時間を無駄にするつもりはないらしい。ルイスは食事をしながらそう尋ね、ヒューバードも机に用意していたらしい紙の束を手に、ルイスが食事をしている正面のソファに腰を下ろした。

「ワーグナーについてだ。宿泊所に待機していたものから、今日の様子の連絡が来た」

テーブルの上に置いた書類の上を指さして、ヒューバードは若干顔をしかめながらその内容を読み上げる。

「宿泊所で、部屋に籠《こ》もって今日一日ずっと手紙を書いていたそうだ」

メリッサは、それを聞いて、首を傾げた。

「あの、カーヤ様のことについて、何か訴えてきたりしていないんですか？　いつでも面会は受け付けるんですよね」

「ああ、こちらには何の連絡も来ていない」

メリッサの問いに首を振ったヒューバードに、ルイスは一瞬食事の手を止め、問いかけた。

「宛先は？　ここからだと、ガラールやリュムディナ宛てなら、出す意味もないだろ。何らかの状況改善を訴える手紙だったとしたら、その手紙が国に届く前に、姫の護衛の部隊が到着する。それともその護衛の部隊に手紙を送ったのか？」

ルイスの問いは、メリッサも思った疑問だった。だが、ヒューバードはそれにも首を振った。

「宛先は、すべてキヌートの王領地だったそうだ」

それを聞いた瞬間、メリッサもルイスも、ぽかんと口を開けて固まった。

「……あの、ヒューバード様……その手紙は、キヌートから転送されて、また別の場所に行くんでしょうか？」

「転送ならば、最終的に到着するはずの宛先が書かれているはずだが、それはなかったようだ」

メリッサの考えは、即座に否定された。そしてルイスは、ぽかんと開けていた口をじわじわと閉じ、怪訝《けげん》な表情を隠しもせずにヒューバードに問いかけた。

「キヌートに、伝手《つて》になるような相手はいないんじゃなかったのか？　だからキヌートの傍で小剣に襲われたのに、わざわざガラールまで行ったんだよな？」

メリッサも、最初の説明でそう聞かされていたので驚いたのだが、ルイスも同じ点が気になったらしい。

「……私もそう聞いていたんだがな。どうやら緊急事態に頼る相手はキヌートにもいたようだ。

王領地にしか知り合いがいないからキヌート港では伝手がないのかもしれないが、そうなるとあの男は海運業のはずなのに、海も川もない完全に内陸の王領地にどんな用事があって知り合った相手なのかが気になるな」

ヒューバードがそう告げたあと、部屋はしばしの沈黙で支配されていた。

ルイスの食事の手も止まり、三人が揃《そろ》って考え込んで沈黙してしまったのである。

「……今、キヌート王領に手紙を出して、一体何をしたいんだ？」

「人集めくらいしか、考えつかない」

「人集め……侍女ですかね」

一時でも速くカーヤを手元に取り戻すために、侍女と護衛を近隣で集めようとしているとすれば、その行動も理解できるような気もする。ただ……。

「王族のお世話ができる侍女となると、キヌート王領でも、集める難易度はこちらとそう変わりないような気がしますが」

確かにイヴァルトの辺境から王都までと比較して、若干キヌートは王領と王都までの距離は近いため、求人できる幅は大きいかもしれないが、それでもいつ竜達が飛来するかわからない場所だ。街は栄えているとは言いがたく、王族の世話ができる侍女となれば、あちらはそれこそ現在キヌートの第三王子が滞在しているのだからその傍付きをしているだろう。

メリッサがそう思い、首を傾げて思い悩む横で、ルイスとヒューバードは揃って厳しい表情で、庭に目を向けていた。

「侍女ではなく、護衛、もしくは襲撃用の人材というのはあるかもしれないな」

「辺境なら、それこそ竜からの護衛という意味で、竜に慣れている腕っ節自慢はいくらでもいるだろ。イヴァルトならこの辺境に来るやつらは竜騎士を目指して集まっている。そいつらは竜を襲おうなんて考えやしないが、キヌートは竜を追い払うために武力行使もやむなしと考えるやつらもいるからな」

二人はそう口にすると、再び押し黙った。

「……待ってください。そうなると、ワーグナーさんは、キヌートでそんな竜を傷つける人々に繋《つな》がりがあることになりませんか？」

事情が呑《の》み込めたメリッサも、顔色を変えてヒューバードに問いかけた。

「手紙の宛先は、ひとまず貴族などではないのはわかっているんだが……さすがにキヌートに存在するすべての商人の名前を知るわけではないからな。相手が実在しているかどうかもわからない。調べるように人を出したが、その結果が出るまで待っている時間はないだろう」

さすがに何も言えなくなったメリッサに、安心させるように頭を撫《な》でたヒューバードを見て、ルイスは肩をすくめ、苦笑した。

「メリッサ、いくら腕自慢っても、さすがに竜の大群をどうにかできるようなやつらはいないから。ここに押し入るのは王城に侵入するより難しいぞ」

「そう、ですか？」

「青の竜が辺境にいる限り、この場所は青の領域だろ。しかもここには青の親であるメリッサがいる。そんな場所に許可なく入り込むのは、すなわち青の敵として竜に狙《ねら》われることになる。どんな言い訳も人の都合も関係なくだ。そうなったら竜達すべてがそいつらの排除に動く。そこそ隠れようとしても、この場所は完全に孤立していて、周囲に隠れるものは何もないから、空から見ているすべての竜の目からは逃れようもない」

それはそれで、メリッサにとっては恐ろしい事態だ。竜達が、自分のために人に襲いかかるかもしれないと言われて思わず声にならない声が出てしまった。

メリッサがわけもなく緊張して心臓を高鳴らせている間、ヒューバードはもうひとつ、と一枚の紙を束から抜き出した。

「ワーグナーに関しては、もうひとつ気になることがある。ルイス、お前に聞きたいことがあったんだが……琥珀の小剣は、どうしてカーヤ姫の乗っていた船に降りたのか、聞いているか？」

その疑問に、ルイスは一瞬怪訝そうな表情をしながらも、メリッサも前に聞いたことのある理由を語った。

「お姫様がいたから攫《さら》ってきた」

「それは、カーヤ姫をここに連れてきた理由だろう。そうじゃなく、最初、なぜ小剣が船に降りたかの理由だ」

ヒューバードが差し出した紙は、メリッサも見覚えのあるものだった。カーヤが自分がここに来たときの状況を説明するために描いてくれた絵である。

帆船の真ん中に竜が降りてきて、騒ぎになって、顔を出した。そうしたら竜が自分のところに飛んで来て攫われた。

絵の情報だけだが、そう順番に描かれている。

「……この絵は?」

ルイスが真剣な眼差しで、その絵を見ながら問いかける。メリッサは、それが描かれた状況を説明した。

カーヤはこれを、自分から描いたのだ。メリッサは、言葉の通じないカーヤに、身振り手振りで語りかけていた。そのとき、カーヤの希望で用意した紙とペンで、これが描かれた。

カーヤは船に乗っているお姫様を自分だと指さし、そして船に乗ろうとしている竜をあの子だと琥珀の小剣を指さして説明した。

メリッサは、はじめてこれを見せられたとき、これが意味することがわからなかった。

絵はとても上手なのだ。ただ、現実の竜を知っていると、この絵には違和感しかない。

「竜は、人の見極めを、目を見ておこなう。騎士のときもそうだが、当然花嫁相手でもだ。つまり、このカーヤ姫の証言だと思われる絵では、琥珀の小剣はこの船に、姫を認識する前に降りてきていたことになる」

ルイスは、そう告げられてようやくその違和感を理解したようだ。

この絵の情報では、竜が船の上に降りる理由がない。竜は船には用事がない。ただ翼がひっかかるばかりの厄介な場所に、竜騎士が命じたわけでもないのに竜が降りるはずがないのだ。

「もしこれが、室内にいるカーヤ姫と偶然にでも目を合わせていたことで降りてきたなら、帆が張られて翼の接触の危険がある中央甲板に降りるのではなく、まっすぐにカーヤ姫を目指してこの小部屋らしき場所の屋根に無理やり降りていたんじゃないかと思うんだ」

カーヤが描いた船は、きちんとその船の形を写し取っている。細かい部分は省略していても、大体の船室の位置、船の形、帆の枚数も、そのまま規格として存在している船だとヒューバードは説明した。

「この形の外洋船ならば、船の後方にある船室の屋根の方が、帆の枚数や位置からしても竜は降りやすい。それを考えれば、カーヤ姫を見つけたから降りた、という説は、私はないと見る。むしろ、他の目的があり中央部に降りた、と考えた方が自然じゃないか」

それを聞いたルイスは、口を引き結び、目を閉じた。おそらくは、今も庭で寝ている琥珀の小剣に、話を聞いているのだろう。

「……駄目だな。何か変な感じがして降りた、とは言っているが、つがいを見つけたことがそれだったと思っているらしい。この分だとどんなに聞き出そうとしても、答えは出せない」

「その違和感の元を確認する前に、姫を見つけたんだな……。ならばやはり、船を調べるしかない。……予定通り、あちらに向かったクライヴに、ついでに寄り道をしてもらう」

ヒューバードはそう口にすると、窓の外に視線を向けた。

「白、聞いた通りだ。紫の盾に知らせてくれ」

その言葉に、メリッサが僅かに目を見張り窓を見ると、その場所に白の女王がいた。もちろん、一番近い場所は、琥珀の小剣が寝そべっている。その背後に、月光を浴び白く輝く竜体が見えた。

「白、今日はここにいたの!? ……あれ、でも夕方、子竜達と一緒に飛んで行ってたのに」

「日が落ちたあと、帰ってきたんだ。今はワーグナーのこともある。ねぐらについては、紫達が警戒している」

それを聞き、メリッサは今、竜達の警戒心が最大になっていることに気がついた。ここまでの警戒は、おそらく青の竜が産まれてからはメリッサも見たことがない。それだけに、事態の深刻さもうかがえる。

「竜達にとって、あのワーグナーという人は、そこまで警戒をしなければならない人なんですね？」

「そういうことだ」

その瞬間、メリッサの背筋は自然と伸びた。

「……あの方は、紫の鱗《うろこ》に関わる何かをなさっている可能性がある、そういうことですか？」

メリッサの問いに、ヒューバードはどこか思い悩むように目を閉じた。

「……竜達の警戒が、はじめからおかしかったんだ」

その言葉に、それは確かにとルイスも頷いた。ルイスもその異常は気がついていたらしい。

「……庭の中であっても、一族を固め、戦えるものだけを表に出す姿を見て、敵の先鋒が来たと竜達が認識していたんじゃないかと考えた」

竜達が誰に対して警戒しているのかはわからなくても、その竜達の視線を見ればそれが誰に対して向けられているのかはわかる。ワーグナーがこの場所に足を踏み入れたとき、竜達の警戒を見て、メリッサすら疑問に思っていたのだ。ヒューバードがそれに気づかないはずがない。

メリッサは困惑の表情でうつむいた。

「あのとき、カーヤ様が奪われそうだから警戒していただけではなかったと」

「もちろんそれが一番の要素ではあった。だが、ただ迎えに来ただけの、会ったことのない男を迎えるだけにしては、仰々しかっただろう？」

メリッサは、ヒューバードからの問いかけに、あのときの竜達の作った壁を思い出した。何重にもなった竜達の壁、そしてその視線が一点に向けられているあの状況は、まさに見たことのないほどの竜達の警戒態勢だった。

「他は……ワーグナーを目にしたカーヤ姫の様子を見て、もしかしてとは思った」

紫の鱗に反応していたカーヤ。そうして到着したワーグナーに対する反応。あきらかに怯え、身をすくませていた様子を見て、ヒューバードは何かあると察していたのだという。

「だが、ここからだと、ガラールもリュムディナも遠く、ワーグナー自身について調査をすることは難しい。たとえ竜を飛ばしても、リュムディナで本人について情報を集めるには時間が足りない。それなら、ひとまず船を調べるしかないだろう。カーヤ姫がなぜあそこまであの男を恐れていたのか、せめてそれがわかれば、あの男を拘束できるかもしれない。ワーグナーさえ拘束できれば、カーヤ姫の脅威はひとまず最小限にできるだろう」

ヒューバードはそう告げて、再び窓の外に視線を向けた。

空に顔を向け、月を見上げているような姿でいた白の女王は、庭の中心で遠くガラールに声を届けているのだろう。いつもの陽光と違い、月光を受けてほのかに光るその姿は、神がこの世の神秘を集め、竜の形に凝縮したのだと説明されても納得できそうな神々しい姿だった。

翌朝、目覚めたときにはすでにヒューバードはいなかった。

いつもなら、隣に温もりが残る程度の時間差で目覚めるが、今日はそれがない。おそらく、竜達の警戒もあり、ヒューバードはほとんど寝ずにいたのだろう。メリッサはひとり起き上がり、朝の仕度を始めた。

庭に行けば、竜達はいつものようにメリッサを待ち構えていた。青の竜が喉を鳴らしながらメリッサに甘えるのもいつも通りだ。

だが、あきらかに違うことが庭では起こっていた。

「……今日は子竜達がいないのね」

子竜達だけではない。生まれて一年ほどの、青の竜と同年の竜達もいない。その竜達は、まだ前線で戦えるほどではないと竜達は判断したのかもしれない。いつもならば賑《にぎ》やかに並んでいるはずの若い竜達は、みんなこの場には来ていなかった。

そして、紫もすべて来ていない。いつもなら青の竜の近くにいるはずの、一番小さな紫もだ。

「……もしかして、紫達がねぐらを守っているの？　……青はここにいて大丈夫？」

ギュ！　グルルル、ギュアァ！

青の竜の様子は変わらない。そのことには唯一安堵したが、日に日に竜達の警戒が強くなっているのを肌で感じる。

メリッサは、ヒューバードに聞かなければ街の状態などの情報を知ることができない。竜達の言葉もわからないので、竜達の様子を見て、そのときそのときの状態を把握するしかない。

鼻を擦りつけてくる青の竜を撫でながら、メリッサは微笑んだ。

「いつもありがとう、青。青が守ってくれているんだと思ったらとても心強いわ」

ギュゥ

「私にも手伝えることができたら、教えてね」

それだけ伝えると、メリッサは日課の野菜を配りはじめた。

たとえ来ている数が少なくても、メリッサがここで野菜を配ることに変わりはない。今日は紫が一頭もいないが、いつもと同じように順番に野菜を与えていく。

「白もおはよう。白がここにいるということは、ヒューバード様は屋敷のどこかにいるのね？」

グルゥ
青の竜の次にメリッサに挨拶をしにきた白の女王に、用意していた芋を渡しながら、メリッサは問いかけた。

白の女王は、メリッサに礼を言うように鼻先でメリッサの頬を軽く突くと、その視線を兵舎に向けた。

「……そう、兵舎の方にいるのね。それじゃあ、出てきたらご挨拶できるわね」

それを聞いた白の女王は、まるで微笑むように目を細め、再びメリッサの頬を鼻先で突いた。

そうやって一頭ずつに野菜をやるうちに、庭にも少しずつ人の姿が見えはじめる。この庭で一番多いのはやはり兵士達だが、彼らはそのまま馬車に乗り、国境の警備へと向かうことになる。

国境の警備兵は、毎日コーダから国境の検問所までを往復している専用の馬車に乗っていく。

現在は、三部隊が交代で警備をおこなっており、今日も兵士達が乗るための大型の馬車が二台、兵舎の馬車乗り場に用意されていた。

その中から兵士達が出てきて、庭にいたメリッサににこやかに笑いながら手を振っている。これもある意味いつものことなので、メリッサは竜達の前から、彼らに行ってらっしゃいと手を振った。

そうして兵士達が馬車に収まりすべて出発したあとには、ヒューバードがひとり立って、馬車を見送っていた。

「ヒューバード様、おはようございます」

「おはよう、メリッサ」

メリッサが駆け寄り、朝の挨拶をすると、ヒューバードはそんなメリッサを抱き寄せ、軽く口づけた。

「ヒューバード様、昨夜はちゃんとお休みになりましたか？」

メリッサが少しだけ困ったような表情で尋ねたら、ヒューバードは苦笑してもちろんだと頷いた。

「私が目覚めたのは、メリッサが目覚めるほんの半刻前だよ」

それを聞いて、メリッサはますます困ったように眉《まゆ》をひそめた。

「ヒューバード様、昨夜は私が寝る前にはお部屋にいらっしゃいませんでした」

「メリッサが寝てから寝室に入って、起きる前に出たからな」

「それじゃあ、ほとんど寝てらっしゃらないです」

メリッサがそう愚痴ると、ヒューバードはなぜか嬉《うれ》しそうに微笑んで、メリッサをぎゅっと抱きしめた。

「大丈夫だ。休みたくなったら、白のところで寝るさ」

グルゥゥゥ、グゥアァ
そのヒューバードの言葉に、竜の庭の中から白の女王が援護するように鳴き声を上げたのを見て、メリッサは仕方ないと肩をすくめた。

「それにしても、朝から兵舎でお仕事ですか？」

「ああ、昨日相談したことに関連してな。人の出入りを監視してもらわなくてはいけないから、その話し合いをしていたんだ」

「出入りの監視……あの、お手紙の送り先ということですか」

「そうだ」

ワーグナーが本当にキヌート王領で人材を集めているなら、今日にでも人が集まりはじめてもおかしくない。それを国境の検問所で見ておいてもらうために、今朝《けさ》早いうちからヒューバードが動いていたらしい。

「隣国からワーグナーの紹介状を持ってくるようならわかりやすいんだがな。おそらくはそうはならないだろう」

「正式にお迎えのための人員として募集しているなら、紹介状で正しいんでしょうけど」

メリッサの意見にヒューバードは穏やかに微笑むだけだった。微笑んだまま、ひょいとメリッサを抱き上げると、そのまま竜達の元へと向かって行く。

「今日の接待は終わったのか？」

「まだです。琥珀の小剣に届けていなくて」

それを聞いたヒューバードは、メリッサを抱えたまま、カーヤの部屋の方向へと足を向ける。

琥珀の小剣は、まったく動くつもりがないらしく、今日もカーヤの部屋の前に寝そべり、べったりと黒鋼の柵に身を預けている。

グルル、グルルル
機嫌良さそうにときおり黒鋼の柵に身を擦り寄せている琥珀の小剣の傍にルイスがいた。

「ルイスさん、おはようございます」

「ああ、おはようメリッサ。……ヒューバード、なんで朝から抱えてきたんだ？」

メリッサを抱き上げているヒューバードに、呆《あき》れたように問いかけるルイスに、ヒューバードはあっさり告げた。

「今日は朝から忙しくてな……」

「あ、わかった、もういい」

ヒューバードが疲労回復と称して、メリッサを抱き上げて運ぶのは、竜騎士隊長時代からの癖だ。基本的にメリッサは、実家である王宮の第四食堂では、ヒューバードの膝の上にいることが一番多かったのだ。

ルイスは、ヒューバードの言葉を遮ると、メリッサから受け取った芋を琥珀の小剣の口元へと差し出した。琥珀の小剣はそれを嬉しそうに口に入れると、咀嚼《そしゃく》して満足そうに飲み込む。

ギュルル、グルルルル

「いつもありがとうってさ」

琥珀の小剣の返事を代弁してくれたルイスに、メリッサは笑顔を見せ、そして琥珀の小剣にも手を伸ばした。

「琥珀の小剣も、カーヤ様をがんばってお守りしてね」

ギュー！

もちろん！　と言わんばかりに顔を上げ、胸を張った琥珀の小剣を見て、ルイスが苦笑した。

「ちゃんといつでも飛べるようにしておいてくれよ」

ギュ？　ギュルル、グルゥ

少しだけ体を起こし、バサバサと翼をはためかせると、よし！　とばかりに再び横たわった。

「おいこら、練習ってそれで終わりか、お前」

ギュ

相変わらずのひとりと一頭に、メリッサはいよいよ耐えられなくなり噴き出した。

「ルイスも小剣も、なんだかんだと本番に強いから、まあ大丈夫だろう……。一回練習しただけでもましじゃないか？」

ヒューバードの腕の中で必死で笑い声を抑えようと体を震わせていたメリッサは、そのときようやくヒューバードの腕の中から解放された。

下ろされて、額に口づけられ、笑みを浮かべたヒューバードに告げられた。

「ようやく緊張がほぐれたみたいだな、メリッサ」

「ヒューバード様」

「その笑顔で、今日もカーヤ姫を頼む」

そう言われて、メリッサはようやく、自分が思っていた以上にワーグナーの件で気を張っていたことに気がついた。思わず虚を突かれたようになったメリッサは、自分の頬《ほお》に手を当て、しばらく固まったあと、ふっと気を抜いた。

「そうですね。私はヒューバード様達や竜達を信じて、カーヤ様のお傍にいます」

自然に笑みを浮かべたメリッサに、二人の竜騎士達も微笑んだ。


屋内に入ったメリッサに、控えていた侍女長のヘレンから最初に告げられたのは、クルースの義母から荷物が到着したことだった。

執事のハリーから受け取って食事前に確認したところ、中身は前日に手紙で知らせたカーヤの移動を中止した件についての了解の手紙と、あちらで見つけたという二冊の本だった。どうやらそれが、カーヤの国の言語で書かれた本らしい。最初の表紙をめくったところに描かれていたのは、間違いなくカーヤが身に着けていた紋章だった。

内容は見てもまったくわからない。絵本のように挿絵が大きく描かれているわけでもないので、内容の推測も難しい。義母によると、これらはカーヤの国の、いわゆる神話が書かれている本と、竜達を崇《あが》める経典のようなものらしい。

これらの言語を使える人材はやはり見つけられなかったので、引き続き探してみると手紙は結ばれていた。

やはり近場では、リュムディナの言葉を使えるものは見つからなかった。今まで国交もなかった国なので、それは仕方ない。本が見つけられただけでもすごいことだろう。本は基本的に文字が読める人にしか必要のないものなのだ。それでも、これがクルースで見つかったというのは、おそらくこれが竜に関連した本だったからだろう。辺境伯家では、本文を確認することはできなくても、竜に関わる品であるからと説明されれば、資料として当然購入して保管してあるからだ。

メリッサは食事を終え、その二冊の本を胸に抱きながら、カーヤの元へと向かった。

そして、カーヤにその本を見せると、驚いたように目を張ったあと嬉しそうに微笑み、指先で本を丁寧に撫でてさすった。

「メリッサ、×××?」

カーヤが本を開き、とある文章の一点を指さした。

「××××」

カーヤが口にしたのは、いつも青の竜をさすときに使う言葉だった。おそらくは、その言葉の書き文字がそれなのだろう。そしてさらに外にいた青の竜を指し示し、同じ言葉を繰り返した。

メリッサは、そのときようやく、カーヤが何をしているのかに気がついた。

カーヤは言葉を教えようとしているのだ。今まで、口語だけで伝えようとしていたが、身近なものについて、文字を書き、それを互いの言語で伝え合えば、言葉を知ることが可能なのだと、今になってようやく気がついた。

メリッサは、急いで紙を出し、カーヤの示した場所の単語を書き写した。見慣れない文字で、書き方もわからないその文字を写し、その横にこちらの言語で青の竜と書き記す。

それを見ていたカーヤは、今度はメリッサが書きとった紙に、自身もペンを手にとってさらさらと書きつけた。

「×××カーヤ」

どうやらこの文字で、カーヤの名前らしい。いつも書き取りで練習しているあの文字とは違っている。やはりあれは、紋章のようなものなのだろう。

「メリッサ？」

カーヤは少し気が逸れていたメリッサに声を掛け、首を傾げる。どうやらカーヤは、メリッサの名前も文字が知りたいらしい。メリッサは望まれるまま、自分の名前を紙に記す。

そうしているとカーヤの気もまぎれるらしく、メリッサは椅子をすすめられ、ずっとカーヤと物の名前を互いに教え合って過ごした。その短時間で言葉をすべて覚えるなどは不可能だが、それでも理解できる単語があるだけで、本を見ていてもなんとなく楽しくなっていく。

二人で真剣に言葉を書き綴《つづ》っていた部屋に、突然声が掛けられたのは、昼も過ぎ、お茶の仕度についてメリッサが侍女に命じたそのあとだった。

「メリッサ、少しいいか？」

顔を出したルイスに、カーヤの目が向けられた。

「あ、はい。何か緊急のことでも？」

「まあ、そんなもんだ」

そう言われて、カーヤに断り席を立ち、掃き出し窓から外に出たメリッサに告げられたのは、昨夜のヒューバードの懸念が、ある意味現実であったという報告だった。

ルイスと一緒に竜の庭の中央へ向かうと、そこには白の女王とヒューバードが、青の竜と向き合って相談している最中だった。

それが相談だとわかったのは、ときおり青の竜と白の女王が、向き合って二頭で会話するように鳴き合っていたからだ。

「ヒューバード」

ルイスが声を掛けると、ヒューバードが振り返り、メリッサの姿を認めたのかほっとしたように微笑んだ。

「メリッサ、先ほど紫の盾から緊急の連絡が届いた」

「……緊急ということは、悪い知らせなんでしょうか」

メリッサが表情を曇らせると、ヒューバードは躊躇《ためら》いなく頷いた。

「琥珀の小剣が、なぜあの船に降りたのかが判明した。紫の盾が、あの船に紫の遺骸《いがい》があると断言したそうだ」

それを聞いた瞬間、メリッサはぎゅっと唇をかみしめた。

「小剣は、竜騎士の騎竜だ。紫の遺骸については、全竜騎士の最優先捜査対象となっているし、竜達にも優先しろと伝えてある。そのことがあったから船に降りて騒ぎになり、部屋から姿を見せた姫と目が合ってそちらに気が逸れたんだろうな」

ルイスが額を押さえ、苦悩の表情でそうつぶやく。その意見に頷いたヒューバードも、愁いを帯びた表情で琥珀の小剣に視線を向けた。

「一緒に竜騎士がいれば、捜査を優先したんだろうが、あのときの小剣は竜の仲間と一緒に自由にしていた時間だった。……小剣は琥珀だからな、そのあたりの気の移ろいは仕方ない」

その琥珀の小剣は、今もカーヤを守るようにべったりと窓際に貼り付いている状態だ。おそらくカーヤを守るためにということなら琥珀の小剣も動くだろうが、それ以外の理由で何かを頼むのも難しそうだった。

「まだ、空から気配があると判明しただけだから、捜索もできていない。場所が外国船だから、ガラール王国に通報し、捜査はあちらに任せることになるだろう。クライヴはガラールに通報し、情報提供をおこなったあと、通訳を連れて帰ってくることになる」

それを聞き、メリッサは顔を上げ、ヒューバードに縋《すが》るような視線を向けた。

「通訳の方は見つかったんですか⁉」

「見つかったというよりも、ガラール王妃が侍女のひとりをこちらに派遣してくださるそうだ」

その瞬間、メリッサと同時にルイスまで、驚きで目を丸くした。

「どうやって運んでくるつもりだ?」

ルイスの疑問の声に、同じことを考えていたメリッサもぶんぶんと首を縦に振った。

「もちろん紫の盾が乗せてくる。……その侍女は元々リュムディナから王妃が連れてきた、王妃の腹心らしくてな。竜はそれほど恐れていないんだそうだ。だが、それでもどうしようもないときは、非常事態として薬を飲んで眠るそうだ。荷物として運んでも構わないからと、立候補してくれた」

その立候補したという侍女を連れてくるため、紫の盾はいつもより若干低速で飛ぶそうで、到着予定は明後日《あさって》以降になるという。

「その侍女の体調次第で速度を調整するそうだ」

　こちらに到着したときに声も出ない状態では、急いで連れてくる意味はない。できるだけ安全に、侍女の体に負担がないように運んでくるからとクライヴは伝えてきたらしい。

「それじゃあ、その通訳をしてくださる侍女の方が到着するのは、護衛の部隊が到着するのと同時くらいですか？」

「日程通りならばおそらくそうなる。だが、一応護衛部隊は、クルースでいったん足止めさせてもらう。そのまま騎馬で来られて竜が興奮しても困るし、部隊をすべて乗せられるような馬車はこちらから送らないといけないから」

「王都から全員馬車で来るわけではないんですね」

「ああ。正騎士の部隊を編成したそうだから、馬車と騎馬の編成だ。最も、クライヴが出立してから部隊の編成が完了したので、出発したのはクライヴが出発した翌日。何の問題も起きなければ、クルースへの到着はちょうど明後日の予定だ。……一応、あちらにも通訳がいるそうだが、竜とのつきあい方を伝えないうちにここに来られても問題がある」

　そのために、クルースでカーヤを迎え入れる仕度をしたかったのだが、カーヤ本人が移動の意思を示さなければ……具体的には、本人がみずからすすんで馬車に乗り、移動していかなければ、琥珀の小剣はカーヤが連れ去られたと判断する。それが問題となるのだ。

　この問題に関しては、ルイスの説得も通じない。ルイスが、カーヤを帰そうと考えているため、縁が切れるわけではないからあとで会えると説得しても信じてもらえない。

今、ワーグナーに怯えているカーヤを馬車に乗せようとすれば、琥珀の小剣は相手が誰であれ、カーヤを取り返すために襲いかかりかねない。

「侍女の数人、竜を見ても大丈夫という侍女は、こちらに来てカーヤ姫の傍にいてもらうことも考えているが、その到着と同じくらいに、通訳ができる侍女も到着できるだろう」

ヒューバードの言葉を聞いていたメリッサだったが、そう語っているヒューバード自身の、何か思い詰めているような表情を見て、思わず尋ねた。

「あの……では、ワーグナー氏への対応はどうされるんですか？」

「あの男は船主だ。当然だが、船の積み荷について話を聞く必要がある。あの男の船から紫の鱗が出た場合、当然ながら、拘束することになるだろう」

「今、人を集めているんですよね……？」

不安が隠せなかったメリッサに、ヒューバードは安心させるように微笑み、その視線をメリッサの正面に合わせ、ゆっくりと告げた。

「少なくとも、この屋敷に入り込めるような賊はいない。そして、辺境伯家に無断で竜の領域に踏み込んだものは、命の保証もしない。このあたり、キヌートも含めて、それを知らない護衛はいないし、それを知っていてうちに来るようなものには、竜達も容赦はしない」

「問題は、その賊でコーダを占拠するような動きがあった場合だが……」

「コーダの街は、家族持ちの軍人の家が大半なんだ。それに商人も宿の関係者も、元軍人が多い。一日であの街を占拠できるような有能な敵なら、そもそもそんな不穏な動きも悟られることなくできるだろう」

つまり今、急いで人を集める動きを悟られているようなワーグナーでは、敵にもならないということらしい。

「本当に、そんな危ない人たちが集められているんでしょうか」

メリッサのその問いに、ルイスもヒューバードも互いに顔を見合わせ、肩をすくめた。

「その結果は、今日、軍の交代の人員が帰ってきてからわかるだろう」

そのヒューバードの言葉通り、それからすぐに前日夜勤を務め、朝に検問所に向かった部隊と交代した兵士達が帰還した。

彼らをとりまとめる隊長が、ヒューバードからの要請を受け、今日入国した人々について、ヒューバードへ報告するために執務室に赴いた。それをヒューバードだけでなく、ルイスとメリッサも同席して一緒に報告を受ける。

「ご報告を受けた通り、護衛の依頼と称して国境を越えるものが増えております」

厳格という言葉を体現したような厳《いか》つい隊長が直立不動で報告してきた内容に、ヒューバードはふむ、と一声発して沈黙する。

ヒューバードの言葉を引き継ぎ、ルイスが隊長に質問を繰り返した。

「護衛対象は？」

「コーダの街で待つ商人と申しておりました」

「その向かう先などは聞いたか？」

「いえ。それは依頼人に会ってから聞くと申しておりました」

その報告を受けたヒューバードは、そのまま机から紙を取り出し、軍に向けて依頼書を書き上げた。

「しばらく治安の悪化が懸念される。警備態勢を強化してもらいたい」

「それはコーダの街のみということでよろしいですか？」

「ああ。屋敷は竜達が守る。むしろ、夜間は屋敷とその周辺は竜の領域となる。軍の兵士も、宿舎を利用する場合、夜間の外出は禁じる」

「かしこまりました。それではその期間、夜勤のものはコーダにのみ注力いたしましょう」

隊長は、あっさりとその依頼書を受け取ると、敬礼して軍舎へと帰って行った。

あまりにものあっさり具合にメリッサは驚いたのだが、どうやら慣れていることらしい。

「メリッサが来てからはなかったんだが、人を襲う盗賊が現れた場合などに、同じ依頼をすることがあるんだ」

ヒューバードがそう告げて、メリッサを呼び寄せる。

メリッサは、ヒューバードの手招きに従い傍に行き、その膝の上に乗せられた。

ヒューバードの机の上に、一冊の帳面があり、それがメリッサに差し出された。

「……密猟団ではなく、窃盗団が現れることなんてあるんですか……？」

窃盗団ということは、人から盗みを働く一団のことなのだろう。それが、数年に一度、この近くに現れることがあるらしい。この帳面は、そのような場合に軍に依頼書を出した記録が書かれていたのである。

「こんな、竜だらけで逃げ場のない場所で、そんなことをする人がいるんですか……？」

「そいつらは、盗みをしに来るのではなく、街に逃げ込みに来るんだ。この場所は盗みを働くには人も家も少なく不向きだが、人の流れが頻繁だ。常に新しい顔があるのが当たり前の場所で、一時的に居場所をごまかすために盗賊が入り込むことはある。ただし、先ほど伝えた通り、この街は軍人の比率が高い。被害自体はめったなことではない」

ヒューバードは、メリッサの前でその帳面をめくりながら、ため息をついた。

「今回は、とにかく街で暴れたりしないでくれれば構わない。むしろ、こちらに来てくれれば楽になるんだがな」

ヒューバードがそうつぶやき、メリッサの肩に顔を埋めたそのときだった。

部屋に入室を求めるノックの音が響き、姿を見せたハリーが開口一番告げた。

「ワーグナー氏が、街で複数の男達と面会しているとの知らせがありました」

部屋にいた三人が、そろって疲れたように肩を落とした。ある意味予想通りなのだが、こうも予想通りに動かれると、あとはもう悪い予感しかしない。

「男だけか？」

「はい」

それを聞いたルイスは、前髪を無造作に掻《か》き上げながらしみじみとつぶやいた。

「力ずくで取り返す方向に来てるな」

「侍女を用意していないのは、もしかしてあとで来る護衛団の侍女達がいるから、数日くらいは大丈夫だと思ったんでしょうか？」

メリッサも、さすがに困惑を隠せなかった。

たとえ数時間でも、王族の姫を男性だけの集団に預けるなど認められるはずがない。それこそ常識と思っていたことが通じないとなると、意見を合わせることはますます難しい。

「……その侍女達なら、自分の意のままになると思ったか、それともあのとき伝えたままに、この地で募集をかけても集まらなかったか」

「もしくは、はなから必要ないと切り捨てたか」

ルイスとヒューバードは、二人揃って自身の手元に視線を向けていた。メリッサも、不安を覚えながら、戦闘に慣れた二人の答えを聞くために、ヒューバードの膝の上で大人しく待つ。

「どう来るかね。脅しとして、そいつらにこの屋敷を襲わせるか、それとも交渉のとき、自分のうしろに並べるだけか」

「その場合は、考え得る中で最悪の状況を想定しておくべきだろう」

ヒューバードとルイスは、それぞれ思い当たる限りのことを想定しているのか、そこで完全に沈黙した。

「あの、ヒューバード様」

「……メリッサ、しばらくの間、夜が騒がしいかもしれない。カーヤ姫の部屋の窓やメリッサの部屋の窓も、しっかり閉めて夜は休んでくれ」

そう告げるヒューバードは、今も何かを考え込んでいる。ヒューバードの言葉を補足するように、ルイスは頷きながら説明を加えた。

「俺《おれ》の方は夜の警備に就く。白や琥珀は俺達の傍にいなくちゃならない。メリッサ、青か紫にカーヤ姫の部屋の前で待機するように頼んでもらえると助かる」

ルイスの言葉は、明確に危険をメリッサに知らせるためのものだった。

「夜に警備が必要な状況……ですか」

「まあ、大丈夫。辺境伯邸の敷地には入れないから。一応の用心が必要ってだけだ」

ルイスが苦笑してそう告げると、ヒューバードもメリッサの頭を抱き寄せて頷いた。

「辺境伯邸には今、竜の宝がたくさんある。それを守るために、竜騎士も竜も動くんだ。メリッサは、いつもと同じように、この屋敷で、みんなの帰る場所をいつも通りに保つのが仕事だ。やってくれるか？」

それを聞いて、わがままを言えるようなメリッサではない。怖いかと問われれば、それは怖いと答えるだろうが、やらなければならないことがあるのなら、ヒューバードとルイス、そして竜達を信じて自分に与えられた役割をこなすのみなのだ。

それでも、やはり問いかけずにはいられないことがある。

「……みんなの帰る場所を守るのは、私の務めです。もちろんがんばります。……あの、みなさんは、この家に襲撃があると、そう思うんですか？」

「思うよ」

メリッサを腕に抱くヒューバードは、あっさりとそう告げた。

「俺もそう思う。ただ、その襲撃は、本番に向けた陽動作戦だろう」

「……本番？」

メリッサが怪訝な表情でそうつぶやけば、竜騎士二人は苦笑して互いに顔を見合わせた。

「ワーグナーが婚約者として欲しいのは王族の姫だろう。現在保護されている場所からさらに強引に攫われたとなると……さらにそれが、賊によるものだとなれば、姫の権威が最悪の形で傷つく。相手が自分だというなら構わないが、それ以外はワーグナーも困るんだ。だから、本気で襲いに来るわけではなく、正当に、姫や周囲に、こんな場所に置いておけないと仮とはいえ婚約者のワーグナーが言える状況を作れば、あちらにとっては最良となり、こちらとしては最悪の結果となる」

「それは……」

思わず絶句しそうになったメリッサは、そのワーグナーが本番と定めたその日は一体何なのかとふと考えた。

メリッサの思考など、長年見続けていたヒューバードには簡単にわかってしまうらしい。疑問を口にするより前に、その答えはヒューバードの口から語られた。

「ワーグナーが次の面会を求めるその当日。おそらくは王都からこちらに向かう、姫の護衛団が到着するその予定日。その日、ワーグナーは面会を求め、正式にこちらに対して糾弾し、姫を奪還する手はずを整えるだろう。あちらは、この場所が襲撃を受けている証拠、もしくは証人をひとりでも手に入れたらそれをこちらに突きつけてくるはずだ」

ヒューバードはいたって平静にそう口にしたが、メリッサはそれを聞いてぎゅっと口を引き結んだ。どうしても危険が避けられそうにない状況に、止めてはいけないとわかっていても、やめてほしいと言いたくなるのだ。

「……メリッサ、この場所は、竜に守られた場所だ。そんな場所から竜の宝を持って行こうとしたらどうなるのか、客人に思う存分知ってもらうだけのことだ」

「リュムディナにだって、竜の飛来地はあるんだろう？　だったら、知ってて損はない。竜達が何を宝としているのか、宝にどれだけ固執するのか。しっかり見ていってもらえばいい」

竜騎士二人は常に竜と繋がっているために知っているその事実は、メリッサに安堵をもたらすようなものではない。

だからメリッサは、それについては止めることなく、竜と竜騎士の二人が傷ついたりしないように、自分の知る人たちの無事を祈ることにしたのだった。


その日の深夜竜も寝静まった頃に、辺境伯邸の周囲では、所々にうごめく影があった。

月はすべてを見通すほどに明るいわけではないが、それでも何もない荒野と言える辺境では、その身を照らす月明かりは、邪魔なほどに煌々《こうこう》としているように感じる。

せめてこれが新月であれば良かったが、依頼主は日付を選んでいる場合ではないらしい。たとえ満月であっても、周囲に人などいないのだからなんとかなるだろうと適当なことを言って、男達を送り出した。

辺境の竜は夜空を飛ばない。それは、この大陸の常識でもある。キヌートでは、イヴァルトのように竜との何かしらの約束があるわけではないので、夜を味方につけることが竜への対策として使われることになった。

そのためか、辺境にいるキヌートの傭兵《ようへい》達は、自然と夜に慣れることになった。

「いいか、竜の庭には入る必要はない。庭にいる竜達に気配を悟られないよう、我々は敷地の奥にある別棟から入る」

目標の場所には遠いが、他に安全に潜入できそうな場所はなかったのである。

馬などはこの地方で入手する方法がないため、わざわざコーダまで馬車で移動し、そこからこっそりと夜闇《よやみ》にまぎれてこの場所まで移動した。

陰になるようなものはなく、できるだけ気配を殺し、足音も殺して屋敷へと歩み寄ったその集団は、建物まであと少しというところで、信じられない音を聞くこととなった。

「目標確認。敵五体」

振り返る間もなかった。背後から、全員が一撃で吹っ飛ばされ、地面に叩《たた》きつけられた。

音を立てないようにと、金属鎧《よろい》は着てこなかったことが災いした。いや、たとえ鎧を着ていても防げたかどうかわからない一撃の痛みに息が止まる。

そして地面に転がったままの男達の正面で、月を背負ってひとりの男が、別棟を囲う黒鋼の柵の上に座っていた。

「今日三組目か。……どいつもこいつも、芸もなくここから入り込もうとする。さすがにここまで楽にことが運ぶと相手の情報収集能力が心配になってくるな」

背後に、聞こえるはずのない声を聞き、男達は動揺しながらそちらに視線を向けた。

深夜、驚くほど音を立てずに、槍《やり》を手にした小柄な騎士が立っていた。その男が手にしている漆黒の槍が月光を反射し鈍く光る。それを見て、男達は、背後に突如現れたひとりの男によって、一瞬で全員が薙《な》ぎ倒されたことを理解した。

「いつ、のまに……」

男が呻《うめ》きながらそうつぶやくと、背後にいた男が、倒れた男達にその手の槍を突きつけながら正面にいた男に静かに告げた。

「今のところ、コーダの街を出てきたのはこれですべてらしい。正面、西方からの敵はなし」

「兵舎方面、東丘陵もなし。……今夜はこれで終わりのようだ」

騎士の装束を身に着けている人物が誰なのか、キヌートからわざわざやってきた傭兵達も理解せざるを得なかった。

この場にいるまま、別の場所の情報を知ることができる騎士が何なのか。ここは竜の楽園。数多いる竜の目を借りることができる、唯一の騎士の存在。

「竜、騎士……か？」

「お前の依頼主は、入る場所の警備態勢について、何も教えてくれていないのか」

黒鋼の柵から下りてきた、闇《やみ》に溶け込む黒髪の騎士がそう告げると、背後から歩み寄ってきた茶色い髪の騎士が呆れたような口調でそれに答えた。

「当主が竜騎士であるくらいしか、情報はもらえなかったんだろ。その情報を自ら精査する時間ももらえなかったと見える。気の毒にな」

男達の意識はその後すぐに刈り取られ、直後に屋敷の四方から現れた兵士達によって拘束されるとあっさりと運ばれていったのだった。

第五章　伝わる思い

昨日今日《きのうきょう》と、ヒューバードもルイスも夜は起きて昼に寝る生活を送っているらしい。

今朝《けさ》も使用した形跡のない隣の枕《まくら》をぽんぽんと叩《たた》いてから朝の仕度を始めたメリッサは、まだ夜明け前の庭を見て、胸を撫《な》で下ろす。

いつもと変わりなく竜達は庭で眠っている。その丸くなっている竜達の中には白の女王と琥《こ》珀《はく》の小剣もいて、ヒューバード達は無事に仕事を終えているらしい。もし怪我《けが》などあれば、竜達があんなふうにゆっくり寝ていることはないだろう。

朝の日課のために着替えてエプロンを身に着けたメリッサは、竜達の野菜を入れた籠《かご》を押しながら、庭へと足を踏み出す。

そんなメリッサの姿に最初に気がついたのは、当然ながら青の竜だった。メリッサが出てくることを予測し、すでに出入り口の場所で尻尾《しっぽ》を振って待ちわびていた青の竜は、他《ほか》の竜が集まってくる前にと、メリッサに甘えるように鳴き声を上げた。

ギュア～、キュルル
大地に伏せ、メリッサより低い位置に顔を置こうとするのは、青の竜の癖だった。少しでも小さく見せて、メリッサに構ってもらおうとしているらしい。そう思うと、その健気《けなげ》さに思わず手を伸ばし、撫でてしまうのだ。

今日も鼻先を撫で、そして顎《あご》に目元と順に撫でながら、青の竜の体調を見る。

ギュー。クルルル、グルゥ
目を細め、嬉《うれ》しそうに喉《のど》を鳴らす姿は、いつもとまったく変わらない。

「青、おはよう。今日も元気そうで良かった」

青の竜は、昨日から屋敷の上空やねぐらの上空など、まるで空から監視でもしているようにずっと飛び回っていた。

夜はこの屋敷を竜騎士二人に任せるようで、二人の騎竜である白の女王と琥珀の小剣が庭を守っている。青の竜は夜になるとねぐらに帰り、夜明け前、他のどの竜よりも先にこの場所に飛んできているのである。

そしてルイスの要請を聞き、夜の間カーヤ姫の守りは紫の竜が庭に一頭残り、ずっと部屋の前で待機しているようになった。それを見たメリッサはやはり竜達は、竜騎士の花嫁として、カーヤを一族に迎えているのだと改めて納得したのである。

「しばらく大変だけど、終わったらまた一緒に空のお散歩に行きましょうね」

ギュ？　キュアアアア
青の竜が喜んでいるのを見て、メリッサも思わず笑みが零《こぼ》れる。カーヤについての一件が終わったあとは、しばらく竜のねぐらに通うのもいいかもしれない。

そう思いながらメリッサが青の竜の角の根元を掻《か》いていたときだった。

兵舎の中から、ヒューバードとルイスが姿を現した。

「あ……」

メリッサは、ひとまず青の竜から手を離し、立ち上がって二人を出迎えた。

二人とも、疲れた様子こそ見せないが、仕事を終えたばかりのようで、まだ竜騎士の戦闘用の軍服を身に着けている状態だった。

「おはようございます、ヒューバード様、ルイスさん」

「おはよう、メリッサ」

「おはようさん」

二人の無事は、竜を見て確信していたが、こうして姿を見るとやはり安心する。その思いが表れたのか、笑顔を見せたメリッサに、ヒューバードが朝の挨拶《あいさつ》とばかりに軽く口づけた。

「お二人は朝食はどうなさいますか。一応、軽食を用意しておくように昨夜伝えておいたので、すぐに用意できますよ」

メリッサのその質問に、二人は互いの顔を見合わせてどうするかと悩んでいるようだった。

「青もいるし、今のうちに仮眠を取るか？」

「ああ……でも、両方寝たら、竜の手が足りなくないか？」

ルイスの言っている竜の手というのは、ようは竜の代わりに動く手、つまり竜騎士のことを言っている。屋内や、建物のすぐ傍《そば》など、屋敷には竜の目で見えていてもすぐさま手が届かない場所が多い。屋敷を壊されたくなければ、当然ながら竜騎士がいたほうが便利なのだが、ヒューバードは大丈夫だろうと口にした。

「昨日の状況を見れば、やつらは早朝、竜達がこちらに移動しているときは襲ってこない。お前は今のうちに、横になっておくといい」

ヒューバードの決断に、ルイスは若干何か言いたそうにしていたが、元隊長の判断に異を唱えることはなかった。

「今、侍女さんを連れた盾はどのあたりにいるんだ？」

「昨日、キヌートの王都近くを通過している。距離から言うとあと三分の一。どんなに遅くとも明日《あす》早朝、早ければ今日の夕刻には到着できるはずだ」

クライヴは、無事にガラールで王妃陛下の侍女を派遣してもらうことに成功していた。出発したと連絡が来たのは、昨日のことだ。それを考えると、ずいぶん速い。

「この速度だと、盾は普通に飛んでるな」

聞いていたより丸一日早い到着時間だった。客人を乗せているはずなのに、紫の盾は普通に騎士だけを乗せているときと同じ時間しかかかっていない。

「侍女の方は大丈夫でしょうか。その方をお迎えする用意をしないと……！」

メリッサは、慌てて屋敷の方に視線を向け、そこに侍女が控えていることを確認した。

「宿泊用の部屋は客人用の別棟でいいでしょうか？　それとも、カーヤ姫のお部屋の近くがいいでしょうか」

カーヤの部屋の近くとなると、当然ながら竜の庭のすぐ近くということになる。朝、目覚めた途端に竜に正面から出会うことになる部屋で、その侍女が耐えられれば問題ないが、そうでなければ朝の一番から女性の悲鳴で竜達がとんでもないことになる。

「……大丈夫だろう。今現在、その侍女殿は、意識がある状態で盾の上にいるんだそうだ」

どうやら、紫の盾はすでに前日の宿泊地点から出立しているらしい。そしてそのガラールの侍女は、意識を保ったまま、つまり、薬で眠るようなこともなく、竜に乗っている。

それを聞いて、メリッサはガラールにそんなに竜に慣れた侍女がいたことに驚いた。以前メリッサがガラールの王妃陛下に面会し、お茶に誘われたときには、竜を見て震えているばかりの侍女達しかいなかったのだ。

竜に近寄ることもできず、竜達の水などをすべてその侍女達に代わって用意していたメリッサは、ガラールで竜に対して平静でいられる女性を、王妃陛下以外には見た覚えがなかった。

「それは……では一応、夕刻までにカーヤ姫のお部屋の近くにその方のお部屋も仕度しておきます」

到着したときに、竜に乗ってきた侍女が無事に自分の足で立つことができればいいが、男性でもたまに腰が抜けて立てない人がいるくらいだ。すぐに休める場所は必要だろう。

メリッサのその判断に、ヒューバードは笑みを浮かべて頷《うなず》いた。

「ああ、頼む」

疲れの欠片《かけら》も見せない様子のヒューバードだったが、昨日今日とほとんど睡眠は取っていない。心配で思わず袖《そで》を引いたメリッサは、そのまま何も言うこともできず、見上げていた。

メリッサは、戦闘については何もわからない。だが、ただ眠らないだけでも、その疲労が大変なことになることはわかる。ヒューバードには白の女王の守護があるとわかっていても、どれだけ優秀な騎士であっても、疲労するはずなのだ。

メリッサが心配していることはヒューバードにも伝わっているのだろう。それでもヒューバードがその行動を変えることはない。

ヒューバードがいつものようにメリッサを抱き寄せて抱え上げる様子に、ルイスは呆《あき》れたような表情で肩をすくめていた。

「じゃあ、俺は飯をもらって仮眠する。限界が来たらすぐに変わるから、知らせろよ？」

「わかっている。しっかり休んでおいてくれ」

「何か状況が変化しても起こしてくれ」

ルイスはそれだけ言うと、片手を上げて屋敷の中へと入っていった。

「メリッサは、これから竜達の接待か」

「はい」

メリッサが振り返ると、青の竜はメリッサの運んできた野菜を載せた台車を守るように、その前に腰を下ろしていた。他の竜は、青の前の野菜を盗むようなまねはできない。おかげでその場所で、竜達は行列を作って待っていた。

「ああ、もうみんなが並んでる」

「じゃあ行こうか」

ヒューバードがこともなげに歩きはじめるのを、メリッサは慌てて止めた。

「今日はヒューバード様もお疲れなんです。自分で歩きますから！」

とは言っても、ヒューバードの腕の中でメリッサが暴れるわけにもいかない。暴れて無駄にヒューバードに力を使わせるわけにはいかないからだ。

だが、ヒューバードにとっては、メリッサを抱き上げるのは疲労回復の特効薬なのだ。少なくとも本人は、常にそう証言している。当然ながら、今日もそれを理由にメリッサを運ぶのはやめなかったし、メリッサの遠慮がちな抵抗をものともせず、気がつけばヒューバードは青の竜の前に到着していた。

「仕事の邪魔はしないから、ゆっくり接待してやってくれ」

「そうします。ヒューバード様は、少しでもいいからちゃんと休んでいてくださいね」

メリッサはまるで竜達に言い聞かせているときのように少しだけ気合いの入った表情で

ヒューバードに告げて、毎日の仕事である竜達の接待を開始した。

青の竜に野菜をやって撫でてやると、次はもちろん白の女王だ。そして白の女王は、ヒューバードと一緒にずっと夜間も仕事をしていたはずだが、普通に野菜をもらいに来ていた。

「白！　お仕事おつかれさま」

グルゥ

「これ、今日は白だけ、にんじんを用意したの」

好物のにんじんを出してやると、白の女王は少しだけ目を細め、メリッサの頬《ほお》を舐《な》めた。

白の女王の好物は、葉っぱがついたにんじんだが、さすがに葉っぱは残していない。それでも、白の女王が喜んでいる様子を見て、メリッサも微笑《ほほえ》んだ。

そうやってつぎつぎ庭にいる竜達に野菜を配るが、今日も庭には子竜達や若い竜達は来ていないため、そうそうに琥珀の竜の順番まで行き着いた。琥珀の小剣は、今日もカーヤの部屋の前から動かないためあとに回して、他の竜達に野菜を配る。

そのとき、竜の庭のすぐ横を、毎日の定期連絡の馬車が上ってきているのが目にとまった。

「ヒューバード様」

「……ああ」

もし予定通りなら、今日くらいにクルースから護衛団到着の知らせが来るはずだ。この便か、夕方の便には手紙が到着するだろう。

それは同時に、現在コーダでカーヤを迎えるべく工作をしているワーグナーにも、時間的な猶予がないことを示している。

この便でクルースか、ワーグナーからの知らせが入る可能性は高い。

「……メリッサ、私は中で知らせを待つことにする」

「はい！　こちらはお任せください」

あとはカーヤの部屋の前にいる琥珀の小剣に野菜をやるだけだ。メリッサは笑顔で頷いた。

「あと、野菜をやり終えたら、執務室に来てくれ。今後の予定について、詰めておきたい」

「はい、わかりました」

メリッサは屋敷へ戻るヒューバードを見送り、カーヤの部屋の前へと向かった。

ここ数日の予定については、カーヤには一切伝えていない。言葉が通じないため、どうすれば伝わるかとも考えたが、今のまま平穏に過ごしてもらう方がいいだろうとヒューバードとメリッサで相談して決めた。侍女達にも動揺などしないように、いざというときはカーヤを守るよう言い含めただけで、普段通りに過ごしてもらっていた。

カーヤは、王族としては早起きだが、さすがにこの時間は起きていない。元々貴族は日が昇りきり、竜達が日に当たってその鱗《うろこ》がぬくもるほどの時間が来て、ようやく目覚めるのが当然なのだ。

今日も窓はまだ閉まったまま、カーヤが眠っていることが窓から見てもわかる。

そのため、メリッサはカーヤへの挨拶はせず、そのまま琥珀の小剣の元へと向かった。

「小剣、がんばってる小剣に、今日は好物を持ってきたのよ」

メリッサは、白の女王と同じように、琥珀の小剣にも好物を用意した。

琥珀の小剣は、薬物の野菜、特にレタスが好物で、王宮にいるときは葉の一枚でももらえれば、大喜びでくるくるとその場で回るほどだった。

この辺境では、レタスはあまり日持ちがしないために購入するのは人用だけなのだが、今日は特別に料理長に分けてもらったのだ。

グルゥ？　グギュ！

今日もメリッサの手元を見た瞬間、琥珀の小剣はその場で飛び起きた。

「はい、小剣。お仕事おつかれさま。あと少しの間、お嫁さんのためにがんばっているルイスさんを助けてあげてね」

グギャーゥ！

ばったんばったんと尻尾を打ちつけ、喜びを露《あら》わにした琥珀の小剣に疲れは見えない。この分なら、たとえ何があってもルイスは大丈夫だろうと安堵《あんど》の笑みを浮かべたメリッサは、琥珀の小剣の口にちぎったレタスを入れ続けた。

メリッサがヒューバードの執務室に入室したとき、ヒューバードはソファに座って手紙を読んでいた。

数通の手紙を受け取っていたようだが、他はハリーが手渡したそのまま手を付けていない。

一応、手紙が到着すると、蝋封《ろうふう》でなければハリーが先に開けて内容を確認している。その確認されて届けられた手紙は、今日は後回しのようだ。

メリッサが入室したことは、顔を上げなくても気がついたのだろう。ハリーに促されるまま、ヒューバードの隣に座ったメリッサに、ヒューバードは手紙から目を離すことなく簡潔にその事実を伝えた。

「ワーグナーから、今日の正午、姫との面会を求める手紙が届いた」

それを聞き、メリッサは改めて姿勢を正した。

「正午ですか」

「面会はいつでも受け入れると伝えているので、もちろんこれは受け入れる」

その静かな声を聞き、メリッサは落ち着いてはいと答えた。

「面会は、今回も庭で行う。部屋は用意しなくて構わない。ただし……ルイスは同席させない。琥珀の小剣もだ」

それを聞いて、メリッサはさすがに表情に驚きが出たのか、ヒューバードがメリッサに読んでいた手紙を渡しながら苦笑していた。

「今まで、侵入しようと試みたものはすべて捕縛した。二日で七組、人数は三十一人だ」

「……たくさん捕まえましたね」

ぽかんと口を開けたメリッサが正直に思ったことを口にすると、ヒューバードはまったくだとため息をついた。

「おかげで、兵舎の留置所が一杯だ。かつてあんなに定員限界にまであの留置所に詰め込んだことはない。記録更新だな」

珍しく、おどけたように肩をすくめて告げたヒューバードだったが、その内容は笑い事ではない。ヒューバードは机に置いてあった報告書らしきものを手にとり、その中身を指さした。

「入国記録から、護衛を目的に国境を越えたもので、現在もまだコーダに滞在している人数は把握している。三人ほどはおそらくワーグナー自身が護衛として手元に置いているのだろうな」

「あの、それで、どうしてルイスさんは同席しないことに……？」

その話の繋《つな》がりが見えなくて、メリッサが首を傾《かし》げると、ヒューバードは先ほどまでの苦笑を消して、メリッサに真剣な眼差《まなざ》しでそれを告げた。

「……昨夜から今朝にかけて、竜のねぐら付近に密入国者がいたらしい。竜達が、怪しい気配を感じて見張っていたところ、こそこそと入り込んだやつがいたと報告してきた」

メリッサは、そのヒューバードの言葉に、信じられないような思いで改めて渡された手紙に視線を向けた。

「どういうことですか。こんな、まるで合わせたみたいな……」

「その密入国者は、今は竜の目すら欺いてどこかに潜伏しているらしい。その手慣れた様子から、それらは密猟者の残党とみられる」

「まだ残ってたんですか……？」

「……ワーグナーは、船にあった紫の鱗の件もあり、こちらの密猟者との繋がりが疑われる。今回、ワーグナーが、その繋がりからも人員を調達した可能性がある。……私は辺境伯であり、ワーグナーと相対する必要がある。だから今回、密猟者の方はルイスと他の琥珀達に任せる」

「琥珀達……？」

ヒューバードは、頷きながらメリッサの頭を撫でた。

「琥珀なら、ルイスの言葉が確実に通じる。だが緑だと、細かい内容は聞いてもらえるかわからない。だから今回は、琥珀だけを厳選して、ルイスにつける」

「野生竜に、手伝ってもらうんですか？」

「ああ。だからメリッサ、すまないんだが一緒に青の竜に依頼しに行くのについてきてくれないか？」

わざわざ依頼などしなくても、青の竜はここでの話も聞いているだろう。青の竜は、メリッサがいる場所は常に把握しているし、ヒューバード自身を通じて状況も見ているはずなのだ。

だが……。

「竜騎士の騎竜ではない竜の助力を得るのに、目を見ないで頼むわけにはいかないからな」

それだけのために、頭を下げに行くのである。

「わかりました。ご一緒します」

ヒューバードはそのメリッサの答えを聞いて、ようやく何か安堵したように微笑んだ。

「じゃあ、急ごう。竜に動いてもらうなら、早いほうがいい」

「あの、それはルイスさんは同席しなくても大丈夫ですか？」

「ああ。今は休ませておいた方がいい。琥珀は速さは白の女王と並ぶが、持久力はそれほどではない。それは騎士であるルイスも同じだ。私と同じだけ、同じように動かすのは無理がある。今は休ませ、偵察を竜達に任せたい」

それに納得したメリッサは、すぐさまヒューバードと共に青の竜の元へと向かったのだった。

ギュー……グルルル

青の竜は、ヒューバードの話を聞く前から、何やら不満そうな視線を向けていた。メリッサはその様子に動揺して、ヒューバードと青の竜の対話をはらはらと見守るしかなかった。

「……琥珀を動かすのはいいらしい」

「あ、そうなんですね！」

それを聞いて、メリッサはほっとしたと同時に、ではなにがあって青の竜がこんなに不機嫌なのかをヒューバードに問いかけた。

「私とカーヤ様を、竜のねぐらで守る、と？」

「そう言っている」

その答えを聞いて、唖然《あぜん》とするしかなかった。

青の竜はどうやら竜騎士の花嫁達を、より守りが強固な竜のねぐらで守りたいと訴えていたらしい。

ギュー？　キュキュ、ギュー
「確かにこの場は騒がしくなるが、カーヤ姫は動かせないんだ」

ギュウ、ギュルル、キュー？

「だから、その嘘《うそ》つき男には、今のところカーヤ姫に会う権利があるんだ」

青の竜は、ワーグナーを嘘つき男と呼んでいるらしい。ヒューバードの言葉の端々を耳にするだけで、青の竜の言っていることがなんとなくだがわかってくる気がする。

青の竜は、あのワーグナーがこの場に来るなら、カーヤをここに置いておけないと言っているらしい。おそらくワーグナーは、最後にここで騒ぎを起こしたいのだろうと竜達にもわかっているから、戦闘能力がないなら別の場所で守ろうと提案しているのだ。

メリッサは、ヒューバードの腕にそっと手を添えて、自分が青の竜と話をするべく一歩前に進み出た。

「青。せっかく私とカーヤ様を守ろうとしてくれているのに、ごめんね」

ギュー！

「でも、カーヤ様は、ここにいなければいけないの。カーヤ様を無理に別の場所に移動したら、ヒューバード様がカーヤ様を攫《さら》ったことになるから」

……ギュ？

不思議そうに首を傾げた青に、メリッサは心を込めて言葉を紡ぐ。

「ワーグナーという人は、カーヤ様が、間違いなくここで守られていることを確認する権利を、カーヤ様のお国の偉い人に認められているの」

今はそれに加えてガラール王妃の代理として認められていると言ってもいい状態だろう。そうでなければ、わざわざワーグナーを急ぎ竜騎士に運ばせることをイヴァルトも認めたりはしないだろうからだ。それなのに、その人物の面会希望時に、確認するべきカーヤ姫を隠してしまえば、あらぬ疑いをかけられることになってしまう。

「ヒューバード様がちゃんとカーヤ様を守っていると、ワーグナーという人に見せないといけないの。だからカーヤ様は動かせない。そして、カーヤ様ひとりで怖い思いをしないように、私も一緒にいて守ってあげたいの。……私のわがままだけど、許してくれる？」

……ギュー……キキュウ。キュルル、キキュー

「……メリッサ。メリッサもカーヤ姫も、そして竜達も全部青が守る、だそうだ」

ヒューバードからその青の言葉を聞き、メリッサは青の竜の首筋に抱きついた。

「ありがとう、青。いつもわがままばかり言ってごめんね」

メリッサの思わず口から零れた謝罪の言葉に、青の竜は不思議そうに首を傾げた。

ギュ、キュルルル
「いつも、いつでも、メリッサは青が守る、だそうだ。青、一応私もメリッサを守るものの数に入れておいてくれよ？」

ギュ、グルルゥ
「……守らないなら私の体は青が使うんだそうだ。……青なら確かに使えそうだな……」

少しだけヒューバードが疲れたようにため息をついたのを見て、メリッサは慌ててヒューバードに視線を向けた。

「大丈夫だ、メリッサ。肉体的な疲労は今のところは感じていないから。……心の疲労は、あとでメリッサに癒やしてもらうから、しばらく動けなくなることは覚悟しておいてくれると嬉しい……」

ヒューバードの疲労回復方法は、いつだってメリッサだった。疲れたとヒューバードが言うたびに、抱き上げられ抱きしめられ、頬ずりされてきたメリッサは、それでヒューバードが回復するならばと奮起した。

「わ、わかりました！　なんでもしますから、いっぱいがんばってくださいっ！」

メリッサとしては、がんばるヒューバードに、自分で役に立てるなら一日中抱っこされても文句はない！　というくらいのつもりだった。だが……。

「よし、約束だぞメリッサ」

その回答をしたヒューバードの表情は、今まで見てきた中で最も真剣なものだった。


ワーグナーを乗せているとおぼしき馬車が、コーダの街から向かってきているのが竜の庭からよく見える。

その馬車を、すでに用意万端整えたヒューバードとメリッサは、並んで待ち構えていた。

竜の庭には青の竜を筆頭に、ずらりと竜達が並んでいる。だが、その中に琥珀の竜は一頭もいない。琥珀の小剣も、正午前には起きていたルイスと一緒に密猟者の動きを追跡するために飛び立った。

琥珀の小剣は、カーヤの守りを青の竜が引き受けたことで、張りきって密猟者を狩りにいった。どこで遭遇するのかメリッサにはわからないが、その密猟者の向かう先もこの屋敷だろうと思われるので、おそらくその騒ぎは竜を通してメリッサにも伝わってくるはずだ。

カーヤもきちんと身支度をして、この場に出てもらっている。少しでも楽にいてもらうために椅子も用意したが、カーヤは儚《はかな》く微笑み、それを利用することを首を振って拒否した。

カーヤには、一応身振り手振りで守ることは伝えているが、不安は隠せないのだろう、その表情は暗かった。

ギュー、キュルル
うつむきそうになるカーヤに、竜の庭から声が掛けられる。青の竜が、まるで琥珀の小剣の代わりのようにすぐ傍にいる。そこから、カーヤに語りかけるように鳴いているのだ。

カーヤが顔を上げると、青の竜はそのカーヤと視線を合わせ、再び鳴いた。

ギュルル、グルルルル
慰めるように、そして勇気づけるように、青の竜は鳴き続け、それにあわせて、カーヤは少しずつ微笑みを取り返した。

そうしているうちに馬車が到着し、ワーグナーがまるで周囲を威嚇するように睨《にら》みつけながら馬車を降りる。御者台には、以前見た護衛がひとり、そして馬車の中には、ワーグナー以外に三人ほど、メリッサも見たことのない男達が同乗していた。

「お約束を果たしていただいたこと、お礼申し上げます」

ワーグナーがそう告げて、ヒューバードとメリッサに形ばかりの礼を述べる。それを受け、ヒューバードはワーグナーが連れてきた人員に視線を向け、疑問を投げつけた。

「そちらの方々については聞いていないが。現在当家は、カーヤ姫をお守りしていることはご存じかと思う。部外者の敷地内立ち入りは控えていただきたい」

ヒューバードの抗議にもとれる言葉に、ワーグナーは目を細め、あきらかに威圧をしているのだとわかる強い口調で反撃した。

「前回、この家に誘拐犯の存在が疑われましたので、こちらとしても身を守らねばなりませんからな。これからお連れするカーヤ様もです」

ワーグナーは、最初から連れていた護衛ひとりを含む四人を背後に従えて、ヒューバードを強く睨んだ。

「こちらの主張は変わりありません。私はカーヤ姫を、無事にリュムディナまでお連れしなければならないのです。姫を誘拐した竜については、こちらの大陸では竜の起こした犯罪行為については辺境伯家にて責任を問うと聞いております。姫の庇護《ひご》をしていただいたことについてはお礼を申し上げますが、監禁についてはどのように責任をとっていただけるのですかな」

「当家は、カーヤ姫を監禁したことは一度たりともない」

「今の状況は、監禁と同じだと申し上げているのです。この竜に囲まれた状況で、か弱い姫君ひとり、一体どうやって外に出られると？　この場所は、馬車がなければ街道にも行けぬ場所だと聞きました。馬車を用立てる方法のない姫は、一体どうやってこの地からご自身の力で移動できると？　これが監禁と言わず、何というのですか」

ワーグナーは熱弁を振るいながら、カーヤの方に視線を向けた。

カーヤはその視線に、顔色をなくしながらも気丈に前を向いている。今日は侍女二人を傍につけているが、もしその体がふらつくようならメリッサ自身が駆け寄ろうとそちらに注意を向けていた。

今日は以前のように傍にルイスがいない。カーヤが不安そうにしながら、ときおりその視線を庭に向けているのは、おそらくルイスの姿を探しているのだろう。メリッサは、その様子を見て、少しでもワーグナーの視線からカーヤを隠すため、そしていざというときはカーヤをかばうために、僅《わず》かに体を横に移動した。

カーヤのすぐ傍には、青の竜と白の女王もいる。どちらかの懐に入り込めば、カーヤもメリッサもかならず守られる。メリッサに必要なのは、その危機にちゃんと体が動くように覚悟を決めておくことだ。

竜達は、メリッサが緊張したのが伝わったのか、僅かにざわめきながらもワーグナーの一挙手一投足、その言葉の隅々まで目を離すことなく凝視している。そんな中で自分の主張を繰り返すのは大変度胸があると言えるが、ワーグナーはあえて視線を竜の庭に向けないようにしているのか、ずっとヒューバードを見つめたまま、話し続けていた。

「それにだ……ここ数日、こちらは夜でも騒がしい様子。何か問題を抱えておられるのではありませんか」

その言葉には、ヒューバードのみならず、メリッサも思わずワーグナーに視線を向けた。

「夜も忙《せわ》しなく人が行き交う状況は、姫に安全にお過ごしいただける環境だと、そう胸を張って言えますか」

お前がやったことだろう、と言うのは簡単だが、あの侵入者達は今のところ、ワーグナーとの繋がりが見つかっていない。

受け取っただろう手紙なども無いため、おそらくはキヌートの伝手《つて》を利用して集めた人員を送らせたのだろうと思われたが、その確証は得られていない状態だった。

ワーグナーは、ヒューバードが何も言わないのを自分が優位にあると見たのか、その表情に勝利を確信した笑みを浮かべている。

「私から、こちらに向かっているガラールとリュムディナの護衛には、先を急ぐように伝えております。今、姫をお返しいただければ、そのままその護衛団に合流し、すぐさまこちらを離れましょう。侍女は確かにこの地方では雇えませんでしたが、ほんの半日、ここからクルースへ向かう間の護衛なら見つかりました。こちらからクルースへ向かう間なら、こちらの侍女をお貸しくださいますかな？」

嫌とは言えまいとばかりにそう言い放ったワーグナーに、ヒューバードはきっぱりと断りの言葉を口にした。

「以前申し上げた通り、こちらは姫の言葉を聞いていない。そしてあなたの言葉の真実も、未《いま》だ証明されていない。その状態で、姫をお渡しすることは不可能。あなたのお申し出については、お断りする」

「な……私の言ったことを聞いていなかったのか⁉　この場所は、姫が滞在する場所として不適切だとこちらは言っているのだぞ⁉」

ワーグナーは、自分が有利であると確信していたのだろう。だが、ヒューバードはまったく動揺もせず、淡々と答え続けた。

「現在、我が国の竜騎士隊長クライヴが、ガラール王妃陛下より姫の通訳を務められる人材をお借りしてこちらへと案内している最中だ。あと少しで到着予定なので、通訳が到着次第、姫からお話をうかがい、そちらへ御身の引き渡しができるかどうかを決定する。本日は面会のみでご容赦願いたい」

そうヒューバードが告げた途端、ワーグナーの表情は変わった。

先ほどまでの優位を確信していた笑みは消え、あきらかに怒りをにじませ強く睨みつけるようにヒューバードと向かい合っている。

緊迫感が増した状況に、メリッサがカーヤを守るため動こうとしたそのときだった。

空を飛ぶ竜によって一瞬庭が陰り、それと同時に何かが落とされた。

「ぎゃあああぁぁぁ!!」

野太い、恐ろしい悲鳴を上げて空から落ちてきたのは、武装した体格のいい男だった。その男が、ヒューバードとワーグナーの睨み合うちょうど中央に落とされたのである。

落ちた瞬間、骨がへし折れるような音が聞こえたが、男はちゃんと生きているようだった。

先ほどの悲鳴の大きさと比べて、か細くはあるが呻《うめ》きと痛みを訴える声が少し離れているメリッサにも聞こえている。

ワーグナーはその男を見て、怒りではなく困惑へと表情を変えた。

グルゥ、グアァァァ！

男の先ほどの悲鳴を聞いて、ワーグナーを見ていた緑の竜達がざわめきはじめた。その中、一際大きく吼《ほ》えたのは、青の竜だった。

緑の竜達を抑えると同時に、こちらに伝えたいことがあったらしい。それを聞いたヒューバードは眉《まゆ》をひそめ、ワーグナーに問いかけた。

「……その男は、お知り合いかな？」

「何を言って……」

「そこにいる青の竜からの伝言だ。この男達からお前の匂《にお》いがする、だそうだが」

その瞬間、ワーグナーは何かに気づいたように、一歩あとずさった。

そのあとずさったワーグナーを追いかけるように再び空から男が落とされる。最初の男同様、空から投げ出されたらしい男は、こちらもやはり呻きながら痛みを訴えていた。

メリッサの視線はその男が落ちてきた軌跡を辿り、空を見上げて唖然とした。二人どころではなく、まだ空には十人近くが竜の前脚に掴《つか》まれ、空を飛んでいたのだ。

「やめろ、やめてくれ、落とさないでくれぇ！」

「助けてくれ!!」

男達はじたばたと空中で暴れているが、メリッサはその様子を見て、慌てて空にいる男達に注意した。

「叫ばないで。叫べば叫ぶほど、暴れれば暴れるほど、竜達は苛立《いらだ》ってあなた達をそのまま放り投げるから！」

許される最大の声でそう伝えたが、空の上までは届かなかったらしい。いや、届いたのは、おそらく竜とその背中にいた騎士にのみだったようだ。

「メリッサはやさしいな。こんなやつらでも、気をつかってやるなんて」

羽ばたきながら、空から降りてきた琥珀の小剣は、他の竜達と同じく男を両前脚で抱えた状態で空を飛んでいた。

「ヒューバード。これがこの集団の頭だ」

他とは違い、琥珀の小剣が抱えているその人は、気絶しているらしくぴくりとも動かない。

相変わらず叫んでいる他の竜が抱えた男達は、今の間にもうひとり、ワーグナーの前に落とされた。

「貴様、その竜で姫を攫ったうえに、こんな山賊と見まごうような男を、私の知り合いだと？侮辱しているのか！」

ワーグナーがそう叫ぶと、それを正面で見ていたヒューバードはそれに答えることなくぼそりと告げた。

「紫の鱗」

「……は!?」

「ガラールで、あなたの船から紫の鱗が発見された。これについて、あなたに話を聞かなければならない」

苛立っていたワーグナーは、その怒りのままにヒューバードへと視線を向け、怪訝《けげん》そうな表情を見せた。

「今、それが何の関係がある！　そんな話は今は関係ないだろう！」

「現在、この大陸では、紫の鱗に対して我が国からの警告が発令され、最優先での回収対象となっている。所持しているだけで捕縛対象となり、イヴァルトへと送還されることになっている。今出回っているすべての紫の鱗は呪《のろ》われており、ただ持っているだけで周囲を巻き込み、竜を呼び寄せる危険がある。……覚えがないか？」

ヒューバードの静かな問いかけに、ワーグナーはほんの一瞬だけ沈黙した。しかし、すぐさま顔を歪《ゆが》ませ、それに答えた。

「答える必要はない。私はリュムディィナ国王の特使だぞ！　それに今は、カーヤ姫の身柄の話をしているのだ。話をすり替えようとしても無駄だ！」

怒りのためか、手を振り上げて威嚇するワーグナーの前に、またひとり、男が落とされた。

今、男達を抱えているのは野生の竜達だ。それが普通に男を抱えて飛んでいるだけでもすごいことなのだ。暴れているうるさい男をいつまでも竜が大人《おとな》しく抱えているはずもなく、そろそろ竜達も我慢の限界となっているのだろう。その男を皮切りに、つぎつぎと竜達は男達を最初の一頭が落とした場所へと落としていく。

「誰《だれ》か、この男達を拘束しろ」

ヒューバードが一言命ずると、控えていた警護の国境警備兵達が密入国の容疑で男達を捕縛していく。それを見ていたワーグナーは、音が聞こえそうなほどに歯を食いしばり、ヒューバードを憎々しげに睨みつけた。その形相は、今までの商人としての顔ではなく、何か別の存在となったようにメリッサには見える。

ヒューバードは、その視線に負けることなくワーグナーを見つめていたが、ふと何かに気づいたように空を見上げた。

「……ガラールから、通訳が到着したようだ。ワーグナー殿。そのまま、姫の証言の立会人となっていただけるかな」

空にいた琥珀の小剣も、それに気づいたのか、抱えていた男を下ろして自分も降りるために着陸の体勢に入った。その場にいた人々の視線が空へと向かった一瞬のことだった。

「いけ、お前達！　姫を取り戻せ!!」

ヒューバードの正面にいたワーグナーが声を上げ、そしてワーグナー自身、懐から大ぶりのナイフを取り出し、ヒューバードに襲いかかった。

ヒューバードは襲い来るナイフを前に、懐に手を入れると黒い何かでそれを弾《はじ》き飛ばし、そのままワーグナーの手を打ち据えた。

ワーグナーの背後にいた男達は、合図を受けて一斉に隠し持っていた武器を手に、メリッサやカーヤに襲いかかろうと手を伸ばしたところで、竜から飛び下りたルイスが手にしていた竜騎士用の槍斧《やりおの》により、一閃《いっせん》で薙《な》ぎ倒された。

「な……っ」

ワーグナーは、用意した護衛達が一瞬にして無力化される姿に、己の手の痛みも忘れたように唖然としていた。しかし、それで諦《あきら》めることはなく、慌てて逃げようと身を翻《ひるがえ》す。

今、武器を隠し持ち、襲いかかった時点で、ワーグナーに非があることは誰の目にもあきらかとなった。この場所は、確かに人の出入りは少ない。だが、兵舎にはイヴァルトの兵士と、そしてイヴァルト全土から集まってきた竜騎士希望者達がいる。そのすべての目は、辺境伯に襲いかかろうとしたワーグナーに向けられていた。

捨て台詞《ぜりふ》すらなく、一目散に逃げようとしたワーグナーだったが、その直後上空からきりもみしながら降りてきた琥珀の小剣が起こした風に煽《あお》られ、足を止められたところで体を旋回させた琥珀の小剣の尻尾で薙ぎ払われた。その一撃で吹っ飛ばされたワーグナーの体は勢い良く黒鋼の柵《さく》に叩きつけられ、そのまま地に頽《くずお》れて意識を失った。

メリッサはその一瞬に起こったことに唖然としていたが、黒鋼に叩きつけられたときに響いた音が収まった瞬間、慌てて兵士に向かって呼びかけた。

「軍医を！」

「は、はい！」

メリッサが声を掛けるまで、こちらも呆然《ぼうぜん》としていたらしい。慌てて兵舎に戻ると、軍医を手で引き摺《ず》るようにして帰ってきた。すぐさま診察が始まり、ワーグナーはただ気絶しているだけだと断定された。

「気絶……それだけですか？」

「ええ。今のところ打ち身の気配しかありませんな。骨が折れている様子もありません。呼吸も安定しているので、内臓も無事ですね。細かいひびくらいは入っているかもしれませんが、それは目覚めてからもう一度診察した方がいいでしょう」

竜の尻尾に当てられて、全治数ヶ月なんてよく聞く話だ。当たり所が悪ければ、そのまま死亡した例すらあった。琥珀の小剣は勢いよく旋回していたので、もしやという思いがあったのだが、どうやらあんな状態でも精いっぱい手加減していたらしい。

ギュー、ギュルルルル
「小剣が言うには……一応、お姫様の前だから、人が死んだらびっくりすると思って手加減してやったんだそうだ」

「……竜に手加減なんてできたんですか!?」

ヒューバードの通訳に、メリッサは全身の力が抜けていくような気分を味わった。

手加減しながら、ちゃんとかっこよく見えるように飛んだんだ、という証言をしたらしい琥珀の小剣は、すごく自慢げな表情をしたまま、ルイスにお小言を食らっていた。

「ああ、盾が降りるぞ」

そのヒューバードの言葉に、慌てて空を見上げたメリッサの視線の先では、紫の盾の大きな体が羽ばたき、ゆっくりと下降を開始していたのだった。


クライヴは、体にくくりつけるようにしてその侍女を運んできたらしい。

ただしその降りてきた姿を見れば、その異常性は嫌でもわかった。侍女は目隠しをして、手巾《しゅきん》を口にかんだ状態で、クライヴにしがみつくようにしていたのだ。

竜騎士が人を運んでいる姿は何度も見たことがあるが、この状態はさすがにはじめて見たので、メリッサも驚いていたのだが、ふと見てみたらすぐ傍で琥珀の小剣の説教をしていたルイスも驚いている。

「……ずいぶん変わった状態だな」

さすがのヒューバードも何か言わずにはいられなかったらしい。それを聞いた瞬間、クライヴは慌てたように違うからと首を振った。

「俺《おれ》がやらせたわけじゃない、本人がやったんだ！」

疑惑の眼差しを向けられたクライヴは、慌てたようにその侍女を地面に下ろすと、自分と密着するために結んでいたのだろう命綱を外して、侍女の耳元で何かを告げた。

それを聞いたらしい侍女は、自らの手で目隠しを取り、口に咥《くわ》えていた手巾を外す。

そして姿を見せたのは、おそらくガラールの王妃と同じくらいの年齢と思われる女性だった。

「大変失礼いたしました。わたくしはガラール王国のゲルダ王妃により、このたび特使としてカーヤ姫の通訳を命ぜられましたエルケと申します。リュムディナ王国のカーヤ姫へのご面会をお願いしたく、まかり越しましてございます」

最上級の礼をして、エルケと名乗る侍女は深々とヒューバードに頭を下げる。その様子から、おそらく彼女はヒューバードの姿を目にしたことがあることが察せられた。

「遠いところを来ていただき感謝する。さっそくで申し訳ないが、カーヤ姫との通訳をお願いしたい」

「かしこまりました」

この庭にいれば、ちゃんとカーヤの様子も目に入っていただろう。それでもこの辺境を治め、カーヤを保護していたヒューバードに一言許可を得てから、エルケはカーヤの前へと進み出た。

カーヤは、エルケの姿を見て、感極まったようにその手を伸ばした。エルケの両手をしっかりと握り、嬉しそうに微笑んでいる。

間違いなく、カーヤはこの侍女と顔見知りなのだろう。今までこの場所に来てから見たどんな表情よりも、エルケに向けた表情は喜びに溢《あふ》れていた。

エルケはそのまま、自分がここに来た経緯を話していたらしい。すぐに姫はこちらを向き、ヒューバードに対して語りかけ、礼の姿勢をとった。

「カーヤ様におかれましては、これまで皆さまからの手厚い保護を得られたことに感謝のお言葉を述べておられます」

「もったいないお言葉です。当家の事情により、カーヤ姫にご不便をおかけしたことをまずお詫《わ》びいたします。また、当領地において保護する竜が、姫に対して行った暴挙についても、物言えぬ竜に代わりお詫びいたします。申し訳ございませんでした」

ヒューバードは、その言葉を告げると共に、自ら深々と頭を下げた。その隣で、メリッサも夫であるヒューバードに続く形で、深く腰を落とし、頭を下げる。

ヒューバードの言葉をエルケが訳して聞かせた途端、姫は慌てたようにエルケに何かを訴えた。そうして得られた答えは、この場の誰もが予想もしていないことだった。

「暴挙などではない。だからどうか、あの竜を叱《しか》らないでほしい。あの竜は、私を助けてくれたのだから。姫はそうおっしゃっています」

「……助けた？」

エルケの通訳を経て伝えられた真実は、少なくともワーグナーが語っていた内容とは大きくかけ離れていた。カーヤが絵を描いて説明したことも、若干どころかいろいろ省略していたのだと、それを聞いてメリッサも思った。

まず、ワーグナーがごく最近リュムディナ王国の王室御用達に選ばれた商人であることは間違いなかった。

そしてワーグナーが御用商人となって最初の務めとして、リュムディナからガラール王妃への特使が立つ際、特使と献上品を、自らの船で運ぶことを申し出て、それが了承された。

カーヤはこの特使を国王から命じられ、ワーグナーの船に乗り込んだ。

だが、カーヤはここで、ワーグナーが人影のない場所で誰かと会話をしている姿を見たのである。

その相手は、リュムディナではあまり見かけない武装をしている男で、御用商人であるワーグナーと並ぶと粗暴なところの目立つ男だった。その男は、ワーグナーに手元を見せながら、ワーグナーに頼み事をしているようだった。

「それが、紫の鱗だったと？」

ヒューバードがそう問いかけると、カーヤが頷いた。

「姫はそれを、船室の窓から見ていたそうです」

船室は空気が悪く、窓を開けてもらってそこから見送りの様子を見ようとしたとき、船の積み荷の陰で、その男とワーグナーの姿を見かけたのだ。

カーヤの乗っていた船は王家の特使船として航行する。荷物はすべて、ガラール国王と王妃への献上品であり、他の荷は乗せることはない。それなのに、ワーグナーはその何かを手渡され、そのまま懐に入れたのだ。

「どうやら、その取り引きらしき様子を姫が見ていたことが知られ、それがワーグナーに伝わったため、姫はワーグナーから脅迫されることになったと」

船上では逃げ場もなく、カーヤはひたすら船室に籠《こ》もり、身を守らなければならなくなった。もし船長である男と二人きりで過ごしたなどと吹聴されれば、それこそカーヤにとっては最悪の状況となる。そんな醜聞が広まれば、王族の姫としての権威は地に落ちる。

「侍女も護衛も気がつけば姫から遠ざけられていたそうです。逃げ場である船室の扉も、毎日毎日乱暴に叩かれ続け、いよいよ扉も壊されそうになったときに、あの琥珀の竜が船の上に現れたのだそうです」

――船が出港してから、毎日神に祈っていた。どうかワーグナーの手が、自分に届かなくなるように。自分と引き離されている侍女と護衛達が、無事に助け出されるように。そうしたら、船の上に突然竜が姿を現した。

「姫は船室を逃げ出して竜に助けを求め、竜は姫を咥えてその船から逃げた。姫にとって、あの竜はまさに神の恩寵《おんちょう》であったのだと。だからどうか、叱らないであげて欲しいと、そうおっしゃっています」

カーヤは、縋《すが》るような眼差しをひたとルイスに向けていた。琥珀の小剣がルイスの竜であることは、メリッサの説明でカーヤも理解していたらしい。少し潤んだ眼差しで、必死でルイスに琥珀の小剣の減刑を願っている。

ルイスは、その眼差しを向けられて固まった。少しずつ焦りを見せはじめたルイスだったが、

「あぁー、もう……」

突然天を仰いで目元を手で覆う。

そうしてそのままぽんと琥珀の小剣の鼻先を一度軽く叩いた。どうやらそれで、琥珀の小剣は小言から解放されたらしい。機嫌良くグルルグルルと鳴きはじめ、嬉しそうにカーヤに頭を下げたのだった。

その日、はじめてカーヤはヒューバードとメリッサと、正式な晩餐《ばんさん》の席に着いた。すぐ隣に通訳のエルケが控えた状態で、笑顔で会話と料理を楽しむその姿を見ると、やはり今までカーヤは不安だったのだとメリッサには感じられた。

生活習慣などに不安はなくても、言葉が通じず、さらにはすぐ傍まで追っ手が迫っている状態では、安心などできるはずもない。

だからこそ、今のカーヤの表情は、メリッサにも心からの安堵をもたらした。

「姫は、リュムディナの竜達も、絆《きずな》を結ぶ人が現れれば竜騎士となれるのかとお尋ねです」

「もちろんそれは可能ですが、声が聞ける最初のひとりが現れない限り難しいでしょう。言葉の通じない状態で竜の飛来地へ向かうのは、竜達に襲ってくれと言っているようなものです」

カーヤがこの晩餐で何よりも興味をみせたのは、竜と竜騎士についてだった。

メリッサが見せたあの絵本は、文字が読めなくてもちゃんとカーヤにその内容が伝わっていたらしい。あの絵本の話をきっかけに、リュムディナでの竜騎士誕生の可能性について、ぜひ両国間での話し合いがもてないかと考えているそうだ。

「もしそれをお望みでしたら、我が国の竜騎士が竜との通訳として務めることが可能かもしれません。青の竜はそちらの飛来地も自分の領域のひとつだと申しておりましたので、青の竜がいる今ならば、その会話を試みることも容易でしょう」

竜騎士についての話は、カーヤが帰還する前に、イヴァルトの王都で正式に話し合うことに決まった。

明日には、すでにクルースに到着している護衛の一部と侍女達へ連絡して、こちらに移動させる。侍女達がコーダに到着した翌日には馬車でクルースへと送り、そこからイヴァルト王国が用意した護衛団によって守られながらまずは王都へと向かい、竜騎士の派遣などの詳細を話し合い、イヴァルトの船でリュムディナへ送ることなどが説明された。

カーヤはこの日程をエルケの翻訳で聞き、了承した。

そうしてようやく、カーヤを帰すその日が決定されたのだった。


夜、ヒューバードと部屋に戻り、いつものように二人の時間を過ごしていると、夜に聞こえるはずのない竜の鳴き声が聞こえてきた。

「……あら？　今、竜の鳴き声がしました？」

メリッサが隣にいるヒューバードに問いかけると、そうだな、と答えが返ってきた。

「あれは琥珀の小剣だ」

ここ最近ずっと庭にいて、カーヤの部屋の前から動かなかった琥珀の小剣が何を鳴いているのかとメリッサは一瞬考えたが、すぐに気がついた。

「あ……カーヤ様のことですか」

「ルイスが説明しているんだ」

そっと窓の傍に歩み寄り覗《のぞ》いてみると、琥珀の小剣はカーヤの部屋の窓辺から中央付近に移動したらしく、庭の中央で竜一体と人が向かい合っているのが見えた。

「小剣は大丈夫でしょうか。あの、前の説得みたいに、私は行かなくてもいいんですか？」

メリッサがそうヒューバードに問いかけても、ヒューバードはなぜか苦笑して動かなかった。

「大丈夫だ、メリッサ。これはあいつがどうにかしなければいけない問題だから」

そう言っているヒューバードを見て、メリッサは窓辺を離れ、ヒューバードの膝《ひざ》に腰を下ろした。

「……もしかしてヒューバード様、小剣とルイスさんの会話が聞こえてますか？」

今日は庭に青の竜も白の女王もいない。二頭はすでにねぐらにいて、今は眠っている時間だ。しかも、夫婦が寝室に入ったあとの時間は、白の女王も繋がっていないと聞いている。聞こえるはずはないと思っていたのだが、どうやらそうではなかったらしい。

「もしかして、今も白の女王は繋がっているんですか？」

「いいや。しかしな、メリッサ、考えてくれ。幼い頃《ころ》から私の耳は、白と繋がっていなくても常時竜の言葉を聞き分けている。普段家にいる間は逆にそれを、白の女王がある程度精度を落としているんだ。そのままでは聞こえすぎてしまうから」

その意外な答えに、メリッサは目を瞬《まばた》いた。

「夜には鳴いている竜はいない。私が私として自我を持ったその瞬間から常に聞こえ続けている竜の声だが、一番大きく聞こえるのはやはり白の女王でな。その白の女王が繋がりを切り、ほぼ静寂となったそんな中で、たった一頭とひとりの会話だ。防ぎようがないほどよく聞こえる状態なんだ」

それを聞いて、メリッサはしばらく考えたのち、そっとヒューバードの耳を手で塞《ふさ》いだ。しかし、ヒューバードはそれを自らの手でそっと外して微笑んだ。

「残念ながら、竜の声は耳より頭で聞いている。耳を塞いでも、聞こえるものなんだ。ここで耳を塞いだら、メリッサの声だけが聞こえなくなる」

互いの手が合わさったまま、ヒューバードの唇がメリッサの唇を塞ぐ。そうしてメリッサは逃げようのない状態でヒューバードの口づけを受けていたのだが、しばらくしてヒューバードが何やらふっと顔を上げた。

「……今日は説得失敗だったようだな。これは最終日まで、決着がつきそうにないな」

苦笑しているヒューバードの顔を見ながら、メリッサは心の中でひっそりとこの問題がうまくいきますようにと祈った。

メリッサに今わかっているのは、この状態がどうにかなるためには、ルイスが我を通すことでも琥珀の小剣が粘り勝ちすることでもなく、カーヤの国でこの問題がどう判断されるかということだ。それは今、辺境のこの場所ではどうしようもなく、本当に祈ることしかできないことだった。

翌日、侍女達の到着を待つ間、カーヤには望みのままに過ごしてもらおうと、青の竜と上位竜に野菜をやり、メリッサは時間を作ってカーヤの部屋へと向かった。

入室を求めるとすぐに部屋に通され、メリッサはカーヤの座っていた窓際のテーブルに招かれた。

カーヤはゆっくりできる最後の日である今日は、この窓際で過ごしたいと望んだ。国に帰れば、こんな間近で竜を眺める機会など訪れないから、最後まで竜を見ていたいのだと望んだのである。

メリッサはそれにつきあい、用意してもらったお茶を一緒に楽しみながら、窓の外を眺めていた。

今日はメリッサが上位竜にだけ野菜をやったため、残りの竜達はルイスから野菜を受け取っている。騒ぎに決着がついたためか、今日から再び子竜達も庭に遊びに来ており、カーヤの部屋の前から動かない琥珀の小剣に突撃して、子竜達はころころと転がっている。そんな賑《にぎ》やかな風景が、窓の外では繰り広げられていた。

カーヤの視線は、どちらかと言えばルイスが野菜をやる姿を追っているような気がしたが、メリッサは何も言わず、一緒に過ごした。

通訳が同席しているので、会話をするのは困らない。でも、カーヤはしばらく何も言わず、ただ庭を眺めていた。

「……×××、××」

そうしてしばらくして、カーヤはメリッサに向き合うと、微笑みながら告げた。

「……カーヤ様におかれましては、あなたと本を読んだ時間はとても楽しかったと、そうおっしゃっています」

　メリッサはその言葉を受け、改めて姿勢を正し、頭を下げた。

「恐悦至極に存じます」

　それを聞いたカーヤは、少しだけ困ったように微笑んだ。

「どうぞここだけの話なので、元のままでと」

「……っ、は、はい。あの、ですが私、できるだけカーヤ様に理解しやすいよう、簡単な言葉遣いをしておりましたので……」

「それで良いのだそうです」

　あえてお墨付きをもらって、メリッサは少しだけほっとした。

「あの、カーヤ様に、こちらで読んでいた本をお贈りしたいと思っています。受け取っていただけますか」

　通訳のエルケがそれを伝えると、すぐさまカーヤはぱっと花が開いたような、華やかな笑みを浮かべた。

「とても嬉しい。あの絵本はとても素敵です。他の本も、いただいてもいいのですかと」

「はい。もとより、あれらの本は、カーヤ様が竜に興味をお持ちだったようなのでご用意しました。国元へお帰りの際、少しでも竜を好きになっていただけたらなと思って用意したのです。

同じもので、できるだけ新しいものを、クルースに用意いたしました。どうぞお持ちください」

カーヤはその言葉に、にっこりと微笑んだ。

「カーヤ様は、竜がこんなに素敵な生きものだとは知らなかった。この場所を知ることができて良かったと」

メリッサとしては、そう言ってもらっただけでも感無量だ。そして、カーヤは立ち上がり、メリッサの元へとやってきた。

慌てて立ち上がったメリッサの体を、姫の腕がぎゅっと抱きしめた。

「メリッサ、……アリガトウ」

姫の声で発せられたそれは、間違いなくイヴァルトの言葉だった。

驚き固まったメリッサは、視線をぎこちなく姫の席の傍にいたエルケに向ける。

「昨夜、カーヤ様からの言葉を覚えたいとのご希望から、お教えいたしました」

侍女のあり方として、ほとんど表情を露わにしなかったエルケが、メリッサに微笑みを向けて頷いた。

「あ、あ、あの、その……どういたしまして」

はじめて、姫と呼ばれるような高貴な女性に抱きしめられ、メリッサの頬はほんのり朱に染まった。

それを見たカーヤは、王族の姫としての淑《しと》やかな笑みではなく、年相応の心からの笑顔をメリッサに見せたのだった。


その日の午後にはカーヤが国から伴ってきた侍女達が、クルースから到着した。カーヤは竜に見つめられて硬直していた彼女達との再会を喜び、僅かながら涙を流した。

彼女達はすぐ傍に竜がいる環境に怯《おび》えながらも、悲鳴を上げたりすることはなくすぐにカーヤの傍付きとしての仕事に取りかかったのを見て、メリッサは用意していた今までのお世話の記録を渡して引き継ぎをおこなった。

そして翌日、全身を再びリュムディナの衣装で身を包み姫としての姿に戻ったカーヤは、用意された馬車に乗って、朝のうちに辺境伯邸を去った。

見送りには、ヒューバードとメリッサ、そしてルイスが立ち、名残惜しそうな視線を向けたカーヤに静かに別れを告げた。

馬車が去り、しばらく沈黙していたメリッサだったが、どうしても、どうしても我慢ができなくなり、思わずルイスに尋ねた。

「……琥珀の小剣はどこにいるんですか？」

そう、いつもべったりカーヤの部屋の前にいたはずの琥珀の小剣が、その日に限り朝から見当たらなかったのである。

琥珀の小剣には、昨日のうちに白の女王と青の竜とメリッサとヒューバードでしっかりと、カーヤに迎えが来ることが伝えられている。

大人しくお別れするなどとはメリッサも思っていなかったが、庭から消えるのは想定していなかったのだ。

しかし、そのメリッサの疑問に対するルイスの答えは、想像すらしていなかったものだった。

「……どこだろう。実は俺にも気配がわからない」

「ルイスさん、絆の騎士ですよね⁉」

首を傾げたルイスに問い返されて驚いたメリッサが、思わずといったふうにさらに問いを繰り返す。

二人の疑問に、ヒューバードはただ空の先を指さした。

「……かなり先に行ってる。白が言うには、そろそろクルース上空だそうだ」

「え、俺、置いていかれた⁉」

愕然《がくぜん》としているルイスに、ヒューバードがいかにも笑いをこらえるように口元を拳《こぶし》で隠しながら、その竜騎士なら誰もが知る真理について語った。

「竜が望むものはお前の望むもの。お前が望むものは竜も望むんだ。わかったら馬車を仕立ててやるから早く行け。このままだと、王都まで琥珀の小剣だけが帰ることになるぞ」

そのヒューバードの言葉に、ルイスはそれでも躊躇《ためら》っていた。だが、何か覚悟を決めたように身を翻すと、自分の荷物と琥珀の小剣のための胴具を手に、騎士の姿で庭に再び現れた。

「……じゃあ、俺も帰る。ありがとうな」

「ちゃんと王都に着くまでに追いつけよ」

ヒューバードが苦笑交じりにそう告げると、ルイスもどこか照れくさそうに笑って答えた。

「どうせクルースで待ってるだろ。お姫様は今日、クルースに泊まるんだから」

そうして、まるで最初からわかっていたように庭に用意されていた小さな馬車で、自ら御者席に座り、手を振りながらルイスは去って行った。

「……ルイスさん、馬車も操縦できるんですね」

「あいつは器用だから、小剣が傍にいなければなんでもできるんだ」

どうして竜が傍にいないとき限定なのか。それは竜が馬車に嫉妬《しっと》するからである。それ以外にも、自分以外の乗り物に乗るのは竜が嫌がるため、馬ならば直接危険に晒《さら》されることとなる。

「私も一応、馬車の操縦はできるんだぞ」

「……そうなんですか!?　って……あれ、でもヒューバード様、小さな頃からずっと白がいたのに、どこで練習できたんですか？」

メリッサの疑問に、ヒューバードはその腰を抱き寄せ、屋敷へと向かいながら答えた。

「白は、今さら馬車ごときに嫉妬はしてくれない。練習し放題だ」

ヒューバードのすべては白の女王のもの。小さなときから今の今まで、ヒューバードが過ごしてきたすべての時間が白の女王のものなのだ。今さら馬車の一台二台、馬の一頭二頭で、惑うことなどないのである。

その白の女王は、仲良く二人揃《そろ》って屋敷へと入っていく自身の騎士とそのかわいい嫁を機嫌良く喉を鳴らして見送ったあと、晴れ渡った空に青の竜と共に散歩へと出かけて行った。

——どうせ今からあなたは疲れを癒やすためにメリッサを独占するのでしょう？　だから私も青と出かけてくるわ。

ヒューバードが屋敷に入る寸前、白の女王がよこしたその言葉に、ヒューバードは肩をすくめただけだった。

終章

今回の件で、最も罪深いものはと問われたら、最終的にはワーグナーとなるだろう。

ガラールの調査によって、ワーグナーの船からは、確かに竜の遺骸《いがい》が発見された。

のちの取り調べによって、ワーグナーはイヴァルトの密猟団から鱗《うろこ》を買い付けていた商人だったことが判明したのである。

カーヤが見ていたワーグナーと怪しい人物との会話は、イヴァルトで紫の竜に関して一斉に密猟団が討伐されたことを聞いたリュムディナの密売組織が、ワーグナーに、船で発見された紫の鱗を返却したときのことだったそうだ。

「海にでも捨てた方が身のためだ」

その言葉と共に組織から返却された紫の鱗を、ワーグナーはガラールの近海で海に捨てるつもりだったと証言した。

「もし本当にあれが竜を呼ぶのなら、自分の航路に捨てるのは不安があった。ガラール近海なら、元のキヌートの組織が扱いに困って捨てたことにできると思った」

そう証言したのである。

カーヤとの婚約については、元々ワーグナーは王家に取り入るつもりでいたが、やはり身分の関係で認められそうになかったため、秘密を知られたついでにカーヤの醜聞を流し、脅迫することによって孤立させたうえで自分に降嫁させようと考えたということだった。

メリッサがそのことを知ったのは、カーヤがこの場所から去ってひと月もあとだった。

「本当にご無事で良かったですね」

「そうだな」

メリッサは、ヒューバードが竜騎士隊から届けられた文書を読む横で、ヒューバードの横顔を見ながらそうつぶやいた。

ちなみにルイスは無事にクルースで琥珀《こはく》の小剣と合流したらしい。そうして、カーヤ姫の護衛団をゆっくり追いかけたり追い抜いたりして楽しく道中を一緒に過ごしたのだそうだ。

そしてそのまま、ルイスは帰国するカーヤと共に、リュムディナへと向かって行った。

ちなみにルイスが無理やり追いかけたわけでも、琥珀の小剣が無理やり船に乗り込んだわけでもない。簡単に言うと仕事である。

「リュムディナの竜との交流ですか……」

カーヤがヒューバードに伝えたように、リュムディナの竜にこちらの言葉が通じるのか、それを調べに行ったのだ。

ルイスと琥珀の小剣なら、地図上のリュムディナの距離ならば休憩なしに飛んでも二日で往復できると判断され、その検証も含めてリュムディナへと派遣されることが決まったのである。

これであちらの竜とも言葉が通じるなら、もしかしたら初のねぐら以外での竜騎士誕生となる可能性もある。

今回イヴァルトがそれを認めたのは、他国の王家に、竜の一族と認められた女性が現れたためだ。その状態で両国がいがみ合えば、下手《へた》をすると自分達の一族が争いに参加していると竜達が騒ぐ可能性が生まれてしまったのである。

さらにはリュムディナは大海を隔てた別大陸であることも功を奏し、それならばいっそのこと、友好関係を築いた方が良いだろうと国の上層部が考えたのである。

「青の領域だと言っていたのだから、大丈夫だとは思うんだがな。言葉が通じなければどうしようもないだろう？」

ヒューバードにそう言われ、今回のことを振り返り、メリッサはぶんぶんと勢い良く頷《うなず》いた。

「不思議ですね」

「何がだ？」

ヒューバードに問われ、メリッサは笑いながらカーヤと一緒に本を読んでいたときのことを思い出した。

「ルイスさんは、竜とは言葉が通じるのに、そのあたりにいる人とは言葉がわからないのって、なんだか不思議な気がします」

「……ああ、そうだな」

ヒューバードが微笑《ほほえ》みを浮かべ、メリッサの頭と頰《ほお》を撫《な》で、そして顔を自分へと引き寄せた。

ようやく、といった期間を経たが、突然口づけられるそのことに慣れたメリッサは、きゅっと目を閉じ、ヒューバードの唇を受け入れた。

「これでしばらくは落ち着けそうだ」

ヒューバードに抱きしめられながら、メリッサもそれを実感して同意した。

「そうだ。青と空の散歩をする約束をしたんです。ヒューバード様、お時間があるときでいいので、連れて行ってくださいますか」

メリッサのそのお願いに、ヒューバードはすぐに頷いた。

「竜達にもいろいろ心配をかけたからな。青には特に、メリッサをずっと借りっぱなしだったし、礼をしないといけないな」

頰に軽く口づけられながらそれを聞いていたメリッサは、ヒューバードに体を預けながら頷いた。

「それに、メリッサも落ち着かなかっただろう?」

その問いに、メリッサは顔を上げた。ヒューバードが微笑みながら肩に回していた手を頭に乗せ、ゆっくりと撫でてくれていた。

「あの、でも、お話ができたらいいなとずっと思っては居たんですけど……カーヤ様と一緒に竜を見に行くのは、とても楽しかったんです」

同じ年頃《としごろ》で、ゆっくり一緒に竜を見られる相手など、今までもちろんいたことがないメリッサは、これで言葉が通じればと、何度も思っていたのだ。

微笑みながらそう話すメリッサを、ヒューバードは愛《いと》おしげに見つめていたが、ふと何かを思い出したように手紙の束から一通取り出し、メリッサの目の前に差し出した。

「……ああ、そう言えばメリッサにと、報告書の中に手紙が一緒に同封されていた」

ほら、と渡され、メリッサはその手紙の裏を見て、驚きに目を点にした。

蝋封《ろうふう》がされたその手紙に使われている刻印は、カーヤが身に着けていた角の生えた魚の紋章だった。

「カーヤ姫からだ。あちらの言葉で書かれたものと、翻訳された手紙が一緒に入っているそうだから、メリッサも読めるそうだ」

しばらく呆然《ぼうぜん》としていたメリッサだったが、慌ててヒューバードに封を開けてもらい、中身に目を通した。

そして、完全に固まった。

メリッサがちゃんと復帰するまで、ヒューバードは残りの手紙を読みながら待っていた。

「……ヒューバード様……あ、あの、あの、ルイスさん、婚約!?」

「ああ、決まったらしいな」

「え、いえ、ちょっと、だってまだルイスさん、あちらに行って、到着して一週間くらいじゃないですか!?」

ぎこちなくそう告げるメリッサに、ヒューバードは苦笑して自分に来ていた手紙を机に放り投げた。

「カーヤ姫が相手なら、国と国の交渉だと言ったろう?」

「え、そうですね。はい」

「リュムディナには、竜の密猟と密売が蔓延《はびこ》っていてな。こちらからの鱗も、かなり流れているのが今回の一件で判明した」

メリッサは、今回ワーグナーが海に捨てようとした鱗をまだ見ていない。その鱗は現在、ワーグナーの船ごと曳航《えいこう》され、イヴァルト王都の港に置かれている。その後、船に積み込まれていたガラール王家への献上品などは、リュムディナとガラールの協議によって行き先を変えるが、遺骸は調査を終えたらすべて辺境へと送られることになった。

そして今回問題視されたのは、この紫の鱗がリュムディナに流れていたという点にあった。

「リュムディナでは、最近竜の血肉で寿命が延びるなどという流言飛語が、貴族の間でまことしやかに語られているのだそうだ」

目を眇《すが》めてヒューバードが語ったその内容は、メリッサにとって信じられないようなことだった。

紫の指が切られた原因がリュムディナではないかというのが、竜騎士隊の見解だったのだ。

「あの指は、リュムディナに売られるために切り取られた可能性がある。ワーグナーが持っていたのは売れ残ったらしい指の鱗で、残りがどうなっているのかは今もわかっていない。リュムディナは、今まで竜を狩ることがどういうことに繫《つな》がるのかは遠い噂《うわさ》程度のことしか知らなかった。だが、このままだと遠からず、竜達の怒りを買うことになる。その前に急いで竜の専門機関を作り出し、密猟者と密売者をリュムディナから一掃したい。……そのため、今回たまたま竜の一族に加えられたカーヤ姫とルイスの婚姻を認める形で、イヴァルトにその竜の専門機関を作るための人材と知恵を借りようとしているんだ」

呆然としていたメリッサは、国同士の交渉というものについてなんとなくだが理解した。

「……つまり、ルイスさんは、その組織を作りに行くんですか？」

「いや、こちらから、引退した竜騎士を数人送り込み、基礎の人材を育成する機関を作る。ルイスも、いつか竜騎士を引退したら、あちらの国で過ごすことになるだろうが、今はまだイヴァルトの騎士だ。あまり長期間、あちらに滞在するのは認められないだろうから、今回は本当に調査だけだろう」

「……えと、えと、あの……ひとつ聞いてもいいですか？」

「ああ、もちろんだ、メリッサ」

ヒューバードのいつもの笑顔に勇気づけられ、メリッサはそれを口にする。

「……ルイスさんは、お嫁さんをもらうんですか、それともお婿に行くんですか」

「その問いで答えるなら、婿だな」

メリッサはその答えを聞いて、少しだけ心配そうな表情になった。

「あの、カーヤ様は、この結婚をどう捉えているんでしょう。国同士の結婚なら、お仕事として、受け入れられてしまったんでしょうか……」

そのカーヤ自身から手紙を受け取り、ルイスとの婚約を知らされたメリッサだったが、手紙の文面は一度通訳を介しているためか、どこか淡々としていた。感情が見られない文章に、メリッサは一抹の不安を覚えたのである。

「それを言うなら、むしろこの婚姻に熱心だったのは、カーヤ姫だったそうだ」

「……え？」

ヒューバードが苦笑しながら教えてくれたことに、メリッサは再び唖然《あぜん》とするしかなかった。

カーヤは、ここに来たとき、自分がまさか竜に選ばれた花嫁なのだとは知らなかった。自分を助けてくれた竜に感謝し、いつも部屋の傍《そば》にいた琥珀の小剣を見ていたカーヤだったが、その気持ちの方向が変わったのは、最初にワーグナーに相対したときだった。

ルイスが一瞬でワーグナーの手の届かない場所まで自分を連れて逃げてくれたあのとき、カーヤにとってルイスは、ずっと祈り、助けてくれた竜以上の存在となったのだ。

イヴァルトの王宮で、自分がなぜ琥珀の小剣に攫《さら》われたのかを聞いたカーヤは、それならばと自らで結婚までの道筋を立てたうえで、説得は自分がするからと仕事の名目をつけてルイスを借り受けてリュムディナへと帰ったのである。

「カーヤ姫の父君は、リュムディナでは国王の補佐だけではなく、外交を担うことが多い方なんだそうだ。……この件で、姫は一番その父君に似ていたのだと証明されたそうだ」

自ら、結婚の道筋を立てて計画を国に報告したカーヤは、姫でありながら自らの夫を国に了承させ、あっという間にそれを認めさせたのだ。どれだけ大急ぎで国とやりとりすればそれが叶《かな》うのかメリッサには想像もできないが、少なくともカーヤがこの国を出港するときには、すでに婚約については確定していたはずだ。

あの、ワーグナーに怯《おび》えて震えていた姿や、にこにこ笑っていた様子からは想像もできない意外すぎるたくましさに、メリッサは愕然《がくぜん》とした。

メリッサは、恐る恐るその手紙の続きを読んだ。淡々とした婚約の報告のあと、カーヤはこう書き記していた。

――いつかわたくしはかならずイヴァルトへ足を踏み入れ、竜の国へと再び戻ることでしょう。そのときは改めて、イヴァルトの言葉によって、あなたとの友誼《ゆうぎ》を結びたく思います。

『一緒にいてくれてありがとう、メリッサ』

最後の一文は、姫の直筆の手紙においても、イヴァルトの文字で書かれていた。

リュムディナの文字の流暢《りゅうちょう》さとは比べものにはならないほどたどたどしい文字で書かれたそれを読んで、メリッサは嬉《うれ》しそうに微笑んだ。

「……ヒューバード様。私、カーヤ様とお友達になれたのかもしれません」

「メリッサ、この場合、もう友達でいいと思うんだが……」

メリッサの肩を改めて抱き寄せながら、メリッサ宛ての手紙を読んだヒューバードは、メリッサの頭を抱えてゆっくり撫でながらそうつぶやいた。

「……ヒューバード様、まだお疲れですか？」

「そうだな。毎日毎日、この件の後始末の手紙が届いて、日々疲れがたまっているよ」

そういうが早いか、ヒューバードはメリッサを両の腕だけで自分の膝の上へと引っ張り上げ、抱き寄せた。

メリッサは、その瞬間真っ赤《まか》になりながらも、抵抗せずにその手を受け入れた。

「旦那《だんな》様……の疲れがたまると私が大変なことになりますので、細かにその疲れは解消していただけると助かります」

「そうか。それなら奥さん、細かに疲れの解消を手伝ってもらえると大変助かるんだが」

顔を真っ赤にしたメリッサが、ぐっと言葉に詰まったその瞬間、ヒューバードの唇がメリッサの唇をかすめていく。
いつまでも、完全に慣れないその瞬間を受け入れるべく、メリッサはきゅっと目を閉じたのだった。

了

あとがき

この作品をお手にとっていただきありがとうございます。織川あさぎです。

『竜騎士のお気に入り』も、ついに七巻。こんなにも長く、竜達の世界と付き合うことになるとは考えていませんでした。長く付き合えばそれだけ愛着もわきまして、また新しいお話を考えるのも楽しくなってきます。これからも、楽しくこの世界と付き合って行きたいと思います。

今回、あとがきは一頁ですので、残りは謝辞となります。

いつも私を気遣い、一緒に物語を作り上げてくださる担当様。いつも私の想像以上の素敵な絵を仕上げてくださる伊藤明十様。そして出版に関わるすべての方々。

並びにこの本を手に取ってくださるすべての方々に、お礼申し上げます。

この本を、少しでも楽しんでいただければ幸いです。

織川あさぎ

竜騎士《りゅうきし》のお気《き》に入《い》り7
奥様《おくさま》は密《ひそ》かな恋《こい》を応援中《おうえんちゅう》

2020年4月1日　初版発行
2020年10月5日　第2刷発行

著　者■織川あさぎ

発行者■野内雅宏

発行所■株式会社一迅社
〒160-0022
東京都新宿区新宿3-1-13
京王新宿追分ビル5F
電話03-5312-7432(編集)
電話03-5312-6150(販売)

発売元：株式会社講談社
(講談社・一迅社)

印刷所・製本■大日本印刷株式会社

ＤＴＰ■株式会社三協美術

装　幀■今村奈緒美

ISBN978-4-7580-9238-8

●この作品はフィクションです。実際の人物・団体・事件などには関係ありません。

この本を読んでのご意見
ご感想などをお寄せください。

おたよりの宛て先

〒160-0022
東京都新宿区新宿3-1-13
京王新宿追分ビル5F
株式会社一迅社　ノベル編集部
織川《おりかわ》あさぎ 先生・伊藤明十《いとうあきと》 先生